後宮の検屍女官

小野はるか

角川文庫
22641

目次

序　7
第一章　死王　9
第二章　冤罪のなる木　77
第三章　猫の声　125
第四章　罪　173

主な登場人物

姫桃花《きとうか》

皇帝の寵妃《ちょうひ》の侍女。
寝てばかりで出世欲や野心がないが、
検屍となると覚醒する

孫延明《そんえんめい》

皇后に仕える美貌の宦官。
妖艶な微笑みで女官たちを魅了する

イラスト／夏目レモン

点青《てんせい》

延明の同僚で、皇后お気に入りの宦官。北方の異民族

才里《さいり》

梅婕妤の侍女。桃花の友人で、噂や色恋話が大好き

梅婕妤《ばいしょうよ》

皇帝の寵妃で、後宮最高位の妃嬪《ひひん》

李美人《りびじん》

妊娠中に死亡した妃嬪。謀殺され死王を産んだと噂される

呂美人《りょびじん》

梅婕妤とおなじ一区に住まう若い妃嬪

碧林《へきりん》

李美人に仕える侍女

高《こう》莉莉《りり》

碧林の同僚

甘甘《かんかん》

後宮で妃嬪や女官をつかさどる掖廷令《えきていれい》。延明の恩人

病児《へいじ》

甘甘の補佐。かつて蚕室《さんしつ》で働いていた宦官

序

「死体が、赤子を産んでいる……！」

遠雷轟《とどろ》く曇天のもと、ひとつの棺《ひつぎ》を囲んでいた男たちが驚愕《きょうがく》の悲鳴をあげた。ほうほうのていで、職務をわすれて逃げ出すものまでいる。

がらん、と棺の蓋《ふた》を抱えていた男がそれを落下させる音がきこえたが、だれも叱責《しっせき》しない。それどころではなかった。

「なぜだ！　棺に納めたのは、たしかに妃《きさき》ひとりだけであったのに！」

「そうだ、赤子は妃の腹の中、まだ七月《ななつき》で、生まれてくることなく身罷《みまか》られた……まちがいなどない！」

　暴かれた棺のなか、無残な姿をさらして眠るのは高貴なる女性の遺体。この帝国を治める皇帝が囲う、後宮のひとりであった女性だ。

　腐敗の進んだ妃の遺体、その股間《こかん》には、納棺のさいには存在しなかった赤子が生まれ落ちていた。

第一章
死王

「実にくだらない」

墨壺《すみつぼ》に蓋をし、いましがた書き上げた文書の乾きを確認しながら、孫延明《そんえんめい》はやわらかな笑顔で吐き捨てた。

「怪談に事欠かない後宮とはいえ、荒唐無稽《こうとうむけい》な事この上ない。だれです、そんな幼稚なつくり話を広めたのは」

几《つくえ》の脇で縮こまるのは、延明の小間使いである童子だ。

「わかりません。でも孫尚書、夜這《は》い回る小さな影を見たという者がたくさんいるらしいんです……」

「掖廷《えきてい》はなにをしているのでしょう。流言飛語の犯人などさっさと調べあげて、始末してしまえばよい」

延明はまだ怯《おび》えた顔の童子ににこやかに告げ、筆を拭《ふ》かせて立ちあがる。文書のしかるべき行先については他の官に任せ、尚書室を後にした。

昼でも薄暗い尚書室とは対照的に、外はまぶしくよく晴れていた。春らしいやさしい風が、唯一肌を露出した頬をなでる。植えられた紅梅は青空のもと満開だった。

廻廊《かいろう》の欄干からその一枝に手をのばしたとき、背後で人の気配とともに、ギシと床板が音をたてた。

「始末だなんて言いぐさ、あぁ怖い怖い。さすがは中宮尚書・孫延明、狐狸《こり》妖怪《ようかい》だといわれるだけのことはある」

ふり返れば、立っていたのは予想通りの人物だった。つるりとした白皙《はくせき》の肌に大きな目。特徴的なのはその瞳《ひとみ》の色だ。まるでこの快晴の空を写しとったかのように、澄んだ青をしている。彼は北方より宮中に献上された異民族だった。

「狐狸妖怪ではなく狐精《こせい》です。勝手に人を妖怪に仕立てないでください、点青《てんせい》」

延明は狐精――美しい妖狐とたとえられるその顔貌《がんぼう》で、やわらかに笑んでみせる。この、穏やかに見えつつどこか妖《あや》しげな『妖狐の微笑み』は延明の代名詞だ。

点青は可笑《おか》しいとばかりに鼻を鳴らす。

「狐精も妖怪も大した違いはないだろ。むしろ狐精のほうがよっぽどたちが悪い。なにせ狐精は男に化けて女性と交わり、精気を吸うという。〝中宮娘娘《こうごうさま》のお気に入り〟に対するこの上ない揶揄《やゆ》だ」

「まあそうですね。とくに『男に化けて』というところが、なんとも我ら宦官《かんがん》を侮辱するのに適していて面白い」

笑みを深めると、点青は「おー怖っ！」と楽しげに肩をすくめて見せる。

延明が「我ら」と言った通り、点青も延明自身も、そして延明につき従う童子に至るまで、性をとり払われた浄身——宦官だった。

「ところで、何用なのです？　ほんとうの〝中宮娘娘のお気に入り〟であるあなたが、そんなくだらない話をするためにこちらへ？」

「ああ、娘娘《ニャンニャン》がお呼びだと伝えにきた。怪談がらみで頼みがあるらしい。さっきおまえのところの童子も怖がってた、あの幽鬼の話さ」


死王が生まれた。

それが現在、大光《だいこう》帝国の宮城——なかでも皇帝の女たちを囲う後宮をにわかに騒がせている怪談である。

いわく、先だって謀殺された後宮の妃嬪《ひひん》が犯人を怨《うら》み、死後に赤子の幽鬼を産み落とした。幽鬼は母の怨みを晴らすため、謀殺の首謀者をさがして夜な夜な後宮を這いずり回っているのだという。

この赤子は男児であり、無事生まれていればいずれは王に冊封されたことから、だれともなく『死王』と呼びはじめたのだとか。

「だいたい、おかしいではありませんか。自身めらが魑魅魍魎《ちみもうりょう》の伏魔殿にくらす妖魔でありながら、たかだか幽鬼を恐れるなど」

中宮、あるいは北宮とも呼ばれる皇后宮の正殿へと急ぎながら、延明は愚痴をこぼした。

「こらよせ。だれかに聞かれたら獄送りになるぞ。それに断っておくが、娘娘は怪談を恐れたりはしていない。大家《ターチャ》になんとかしてくれと泣きついたのは妃嬪たちのほうだ」

皇后宮の正殿・椒房殿《しょうぼうでん》へと間もなくたどり着く。椒房殿と皇后の文書係りである中宮尚書の執務室は、そう離れていない。

皇后許氏《きょし》は正殿の御座にて、延明を待っていた。金襴《きんらん》の襦裙《じゅくん》にゆったりとした衫《うわぎ》を重ね、高く結った髻《もとどり》に金冠をのせた姿は威容に満ちている。四十に差しかかりながらも衰えを知らぬ美貌もまた、見る者を圧倒した。

延明は深い揖礼《ゆうれい》で顔をかくしながら、皇后の前へと進み出る。御座の前で両膝《りょうひざ》をついて、ひたすらに身を低くした。

「ごあいさつ申し上げます、娘娘」

「免礼。面をあげよ」

許されて顔をあげる。皇后のお気に入りである点青は、すでに皇后の脇へと侍っていた。

「昨夜、帝《みかど》がいらした」

前置きやわずらわしい挨拶《あいさつ》を省いてはじまった話の内容に、延明は「お、」と思った。

許皇后は皇太子を産んで以来の二十二年間、ほぼ空閨《くうけい》をかこつ身だ。皇帝は義務は果たしたとばかりに側室である後宮たちを愛《め》で、特に現在、後宮最高位である梅婕妤《ばいしょうよ》を寵愛《ちょうあい》している。

おかげで許皇后の地位は皇太子を擁しながらも不安定で、本来であれば妃嬪たちを従える立場でありながら、いまや後宮は梅婕妤にすっかり掌握されているのだが、それが、夜に皇后のもとを訪《おとな》ったとは。

「なんでも、ここ数日に広まった幽鬼の目撃談のせいで、後宮の夜警がままならぬのだそうだ。不寝番すら泣いていやがる者がいるという。よって、こちらから人手を派遣し夜警の支援をするようにとの命であった」

なんだ、と内心で延明は落胆した。閨《ねや》を訪ったのではなく、後宮で妃嬪をお楽しみになったあとの帰り道、それを命じるために立ち寄っただけのようだ。しかも内容からして、妃嬪の閨で泣きつかれた内容をそのまま持ってきたのではないだろうか。

いったいそれをどんな思いで承ったのか。延明は許皇后をひっそりと窺《うかが》ったが、彼女の美貌はいつもの鉄面皮で覆われ、その感情をうかがい知ることはできなかった。

「ではそのお役目を私に、ということでございますね」

「仔細《しさい》は任せた。今夜から頼む。――なぜそちなのかはわかっているだろう？」

「もちろんでございます」

延明は表向きの命、そして言外に求められた仕事、両方に対して承諾の礼をとった。

＊＊＊

春の宵は白梅の香りに満ちている。

冷たい夜風がほのかに甘く儚《はかな》い香りを運んでくるなか、延明は六名の部下を連れて後宮の門を目指した。

「なぜ、我らがこのようなことを……」

部下のひとりが手提げ灯ろうを掲げて歩きながら、ぽつりとこぼす。肩をすぼめてきょろきょろと落ちつきのない歩き方をするので叱咤《しった》した。

前かがみで小股《こまた》といえば、尿意の調整が利かない宦官の特徴的な歩きかたではあるが、延明の部下にそういった情けない姿勢をする者はいない。ようは恐ろしいのだろう、この先にある、幽鬼が這《は》うという暗闇が。

「よいですか、幽鬼など存在しません。しゃんとなさい」

「しかし延明さま……目撃したという下級宦官や奴僕《ぬぼく》がたくさんいるんですよ」

「見まちがいでしょう。おかしなうわさが立っているから、枯れた尾花の影でさえ幽鬼に見えるのです。そもそも李《り》美人がどうして謀殺されたことになっているのですか？　あの方はよくある産前死でしょうに」

死王を産んだとされる妃嬪の名を李美人という。李が姓、美人は階級をあらわす。

彼女は妊娠七月《ななつき》を迎えた妊婦であったが、これに不審なところはなかったと医官による検屍《けんし》結果が出ていた。すなわち、毒症状や外傷はなかった、と。

子を身ごもった妃嬪が謀殺されるなど珍しくもない話ではあるが、それ以上に珍しくないのが、妊娠や出産にともなう死である。李美人は以前から妊娠中毒による全身浮腫《ふしゅ》や、はげしい動悸《どうき》が確認されていた。つまり病死だ。

「おかしなうわさに惑わされてはいけません、我らはこれから後宮女官とともに夜警に臨むのですよ。娘娘の期待に沿わなくてはなりません。わかっていますね？」

部下たちひとりひとりの顔を見て、念を押す。みな宦官だが、どれもよく整ったきれいな顔立ちをしていた。そういう者を厳選した。

「これは好機です。大家に泣きついたのはあの梅婕妤《しょうよ》だというではありませんか。おかげでこうして堂々と後宮に乗りこむことができるのですから、なんとも皮肉で気味のいい話ではありませんか」

さえざえとした月影のもと、延明は妖艶《ようえん》に微笑んで見せた。

暗闇に乗じて女官を誘惑し、後宮の牙城《がじょう》を切り崩すための内通者とせよ。それが延明たちに与えられた真の任務である。

後宮の門内に到着すると、すでに夜警を担当する下級女官たちが集っていた。だれもが青ざめた顔色をして、ささえ合うようにして身をよせている。彼女たちが逃げ出さぬようにと目を光らせているのは、ひょろりとした体格の後宮宦官だった。

「お待ちしておりました、孫中宮尚書。自分は後宮門番の小少《しょうしょう》と申します」

彼もよほど夜を恐れていた様子で、あからさまにほっとした顔で延明たちを迎え入れる。しかし延明は厳しい目で彼らを見やった。

「女官七名ですか。十四名のところ、八名はくるのだと聞いていたのですが」

「すみません、先ほど一名倒れてしまいまして……」

後宮は十四の主要殿舎をもとに、十四区に区分けされている。本来であれば二人を一組として七組をつくり、一組当たり二区をまわることになっているのだが、これでは延明の連れてきた部下を足しても一人足りない。怪談が出まわって以来、欠席者が多いとはきいていたが、まさか当夜に脱落者が出るほどとは思わなかった。

「しかたがありません。では、あなたも参加してください」

「えっ、自分がですか!?」

小少と名乗った門番に命じると、とたんに顔色を変えて上ずった声をあげた。

「他にだれがいる、と？」

怯《おび》えきった彼の目はいかにも「あなただっているじゃないですか」とでも言いたげだったが、延明はこれを無言の笑顔で切り捨てた。

部下たちはそれぞれ夜警女官を誘惑する手はずとなっているが、延明はこのあと梅婕妤のくらす一区へと向かい、手ごろな女官を誘いだして誘惑しなくてはならないのだ。梅婕妤は皇后にとって一番の敵対相手なので、ここをぬかるわけにはいかない。

「さあ、組分けと担当区の割りふりをしますよ。まず、か弱い女性だけでは不安でしょうから、女性一人に対して我らから一人をつけましょう。我らとて、佳人を守るくらいの力はありますので安心を」

甘い笑みを見せ、女官の反応を見る。女ばかりの後宮でくらす女官たちは、たいがいが無垢《むく》で恋をしたがっている。それは性を切りとられた宦官《かんがん》であろうと対象になることもしばしばだった。

案の定、ほぼ全員の視線が『妖狐《ようこ》の微笑み』に釘付《くぎづ》けになったが、一名だけ反応の悪い女官がいた。これはわりと多く存在する女色家なのかもしれないと判断して、小少と組ませることとする。

「では次に、担当する区ですが、まずは一区とそこに隣接する三区から――」

と、手短かに決めようとしたところで、金切り声があがった。

「あ、あの、どうか……どうか婕妤さまのところだけはご勘弁くださいませ！」

「わたくしも、どんなに遠くてもかまいません、しかし一区だけは……！」

延明は面食らった。女官たちは怯えた顔で首を横にふっている。

「どうかお慈悲を……。死王の目撃情報は、一区がもっとも多いのです……！」

「ほかのどこでも文句は申しません、しかし、どうか婕妤さまのところだけは！」

なるほど、と延明はあきれ半分に彼女たちを眺めた。

うわさでは、死王は謀殺の首謀者をさがして後宮内をさまよっているのだという。

そして、その首謀者だと勝手に目算をつけられているのが、一区の梅婕妤なわけだ。

だからこそ皆、一区におびえている。

たしかに梅婕妤は亡くなった李美人をいじめていたことで有名だから、そう思われても無理もないかもしれない。実際、梅婕妤本人ですら「助けてほしい」と帝《みかど》に泣きつくほどに死王を恐れている。

ちなみにこの際、強がりを見せたのか、それとも復讐《ふくしゅう》される心あたりなどないと帝に対して示したかったのか、彼女は「死王の手から助けてほしい」「幽鬼を祓《はら》ってほしい」とは言わなかった。もっともらしくとり澄まし、「女官たちが死王を恐れるあまり夜警がままならない。後宮のためにもこれを助けてほしい」などとのたまったのだという。

おかげで帝は言葉をそのままに受け止め、梅婕妤《しょうよ》の殿舎からの帰りに中宮へと立ち寄り、皇后に後宮の夜警支援を命じたというわけだ。幽鬼を祓う、あるいは鎮めるための巫人《みこ》や道士の手配は一切していない。

――さて、どうしたものか。

延明としては、皇后の敵対勢力である梅婕妤がおびえているというだけで、小気味のよい事態だ。怪談に尾ひれがついて、彼女が恐怖のあまり大人しくなってくれれば大歓迎とすら思っている。むしろほんとうに死王などというものが存在して、梅婕妤を冥府《めいふ》へと連れ去ってくれるのならば、それに越したことはないくらいだ。

しかし、帝が皇后に夜警の支援を命じた以上、そうも言ってはいられない。夜警でなにか不手際があれば、評価が落ちるのは皇后である。

夜警は完璧《かんぺき》に実施されなくてはならない。途中で女官が倒れたり、逃げ出したりするなどもってのほかだ。

いまにも卒倒しそうな女官たちからだれを行かせたらよいものか――思案しつつ人員を見渡したところで、ふと、ひとりに目が留まった。

さきほど女色家だろうと判断した若い女官が、じっとうつむいている。

夜警への恐怖をこらえているのかと思ったが、どうも様子がおかしい。

――まさか……寝てる……？

その女官は立ったまま目を閉じて、こっくりこっくりと小さく舟をこいでいた。

＊＊＊

「なぜ、自分まで……」

小少はひょろ長い上背を丸めながら、せわしなくあたりをうかがって歩く。よほど肝が小さいのだろう。手提げ灯ろうが周囲の植栽に影をえがき、それがゆれるたびにびくりと肩を跳ねあげた。

「小少、その台詞《せりふ》はむしろ私が言いたいくらいですよ」

「す、すみませ……ひぃっ！」

「それはカエルです」

悲鳴を上げてしがみついてくる小少の手をふりほどく。

「桃花《とうか》さんがこれほど落ち着いているというのに、なさけない」

延明は手提げ灯ろうを掲げてのんびりと歩く女官を見て、しみじみとこぼした。

ほかの女官たちが顔を青くして震えるなか、のんきに居眠りをしていた娘だ。名を姫《き》桃花といった。

まろみをおびた輪郭に、夢見るような――といえば聞こえはよいが、要するにおっとりと眠そうな顔立ち。名の通り、桃の花のような愛らしい顔立ちではあるが、ずいぶんと神経の図太い娘である。

本来、死王のうわさがなくとも夜警というのは少なからず怖いものだ。高い壁に囲われた後宮の闇は深く、また、寵愛《ちょうあい》を競う百花が咲き乱れる園において、陰謀策謀が絶えたためしはない。正常とはほど遠いかたちで命を落とした女は数知れず、どこの暗がりに怨《うら》みが凝《こご》っていてもふしぎとは思えない。

それをこれほど平然としているのだから、もはや圧巻だった。いまも眠たげにあくびをかみ殺しつつ歩いている。

「よいですか、小少。私がつきあうのはこの一区までです。そこから先はきちんと二人で回ってくるのですよ」

「そ、そんなご無体な！　自分は夜警など今日はじめてで……」

「ここまでついてきただけでもじゅうぶん破格だとは、わかっていますね？」

延明が微笑むと、小少は賢明にも口をつぐんだ。当然のことではある。延明は皇后に仕える中宮尚書、俸給と序列をあらわす『秩石《ちっせき》』にして六百石の官だ。そればかりか、さらに特権を複数有していることで有名でもあった。本来であれば、一歩たりともつき合う必要はないのだ。ただあまりにも小少に不安があったため、ここまで様子を見てやることにした。

三人は「消灯」「火の用心」の声をかけながら、梅婕妤を小主《あるじ》とする一区をまわる。

途中、暗がりで逢《あ》い引きする女官たちを見つけたので、注意して房《へや》に帰らせた。娯楽の少ない生活をする女官には、こうして女色に走る者も少なくない。なにせ男子禁制の後宮だ。男といえば皇帝ひとりだが、下級の女官など、その竜顔《かお》すら一度も目にすることなく老いを迎えることになる。女同士や宦官相手に恋でもしなければやっていられないのだろう。

「さすがに昭陽殿《しょうようでん》は消灯しませんね」

常夜灯以外が消されたことを確認して次へと進むのだが、死王におびえる梅婕妤の殿舎には、皓々《こうこう》と明かりが灯《とも》されていた。

昭陽殿をはじめとして、消灯に応じない殿舎は他にもいくつかあり、延明たちは中級以下の妃《きさき》がくらす殿舎にはやんわりと注意をして回った。位の高い妃嬪《ひひん》たちには声をかけるまでもなく諦《あきら》める。後宮において、そういう忖度《そんたく》は生きていくうえで必須《ひっす》だ。

蓮池《はすいけ》や美しい植栽のあいだをぬうように歩き、ぬけるころにはずいぶんと夜空の月の位置も変わっていた。

——時間をむだに費やしてしまったな。

一区の門を出たところで、延明はため息をついた。

ここで小少たちと別れ、後宮の外院《そとにわ》で夜警の終了を待つ——というのは建て前で、延明はこれからひそかに一区へと戻らなければならない。皇后からの任務がある。

「では、私はここで」

「そんなっ！」

そうだろうとは思っていたが、延明が足を止めると小少が悲鳴をあげた。

「孫中宮尚書、どうかここで自分も帰らせてください……、これ以上は、無理です……！　足手まといにしかなりません！」

「なにを言っているのです。無理だからやらないなどという選択肢が、あなたに存在するとでも？」

微笑みとは裏腹に、冷たいまなざしで小少を射る。延明に逆らえばどうなるか、小少もわかっているはずだ。怖《お》じたように視線をゆらした。

「いもしない幽鬼などより、火災や懲罰のほうがよほど恐ろしいとは思いませんか？　すこしは桃花さんの落ちつきようを見習いなさい」

延明の視線の先で、桃花が涙をこらえるようにして儚《はかな》く月を見あげている。なんとも可憐《かれん》で絵になる風情だが、ここまでの道のりで、それがあくびをかみ殺すしぐさだと理解した。

「いいえ、いいえ、火災は消すことができます！　懲罰は耐えることができます！

けれど幽鬼は……ひぃいいいいっ！」

広い通路をなにかの影が横ぎった。動転した小少が灯ろうをふり回すので、これをとりあげる。夜警当番が火災をおこしたのではたまらない。

「ただの鼠でしたよ」

「鼠……ほ、ほんとうに鼠でしたか？　死王はまだ十月《とつき》に満たぬ胎児なのです……鼠とよく似ているやも……っ」

「発見されたとき、すでに赤子は息絶えていたのです。亡くなった赤子がどうやってこんなところを徘徊《はいかい》するのですか。死者は歩きません」

「ですから幽鬼なのです！　死者が産んだ時点でふつうの赤子ではないでしょう！　尋常じゃない！」

――だめだな、これは。

延明は苛立《いらだ》たしく思いながら、ひとまず女官誘惑の件は後回しにする事を決めた。小少は臆病風《おくびょうかぜ》に吹かれて冷静な状態ではない。このまま行かせても問題を起こすだけだ。

震える小少の手を強引に引いて歩く。役に立たないことはわかったが、ここで一人帰して、途中で騒ぎを起こされたのではたまらない。

「あぁ、わかってくださいましたか」

「……まぁ、たしかに奇妙な話ではありますね。死者が分娩《ぶんべん》するなど、ありえない。生きた妊婦だって気力体力をふりしぼり、半日から丸一日もかけて分娩するのです。それを死者がどうやっていきむというのか」

「そうです！　話によると、その赤子はへその緒でまちがいなく母胎とつながっていたのだそうです！　ですから、どこかから用意した死体をそこに置いたとは考えられないのです！　尋常ならざることが起きた、つまり――」

「では小少、答えは簡単ですよ」

足のにぶる小少の体をなかば引きずるようにしながら、延明は苛立ちをこめて、にっこりと口角をあげた。

「すなわち、根本から偽りであったということです。李美人が棺《ひつぎ》のなかで出産していたという話自体が、すべて偽り。そうですね……さしずめ父君による、娘をいじめていた梅婕妤たちに対する意趣返しであるとか」

そもそも、「病死などではなく謀殺だ」との李美人の父による強い訴えのもとで行われた棺の再掘だった。

しかし結果として広まったのは死王の怪談だけで、当初の目的であったはずの、病死を覆すような証拠が発見されたという発表はひとつもない。なにもみつからなかったのだろう。

娘は謀殺されたのだと信じていた父君からしてみれば、納得もいかず、やりきれない結果であったにちがいない。そこでかわりに復讐《ふくしゅう》として死王のうわさを流し、娘をいじめていた妃嬪たちを恐怖に陥れた。そう考えるのが自然だ。

「――三区です」

桃花が奥ゆかしいしぐさ、ならぬ、おっくうそうなしぐさで手提げ灯ろうを掲げて門をしめした。

後宮三区。李美人がくらしていた殿舎が建つ区域だ。

立派だが古い殿舎が多く、李美人の死後、ここでくらす妃嬪はいない。しかし李美人の世話をしていた女官たちがまだのこっていることから、無人というわけではなかった。

門をくぐろうとすると、これまでにない抵抗が延明の腕にかかる。

「む、無理です、ほんとうに、これ以上は……」

「なんだというのです。ここまでなんとかこれたではないですか。先ほどの一区よりも三区のほうが狭いのですから、あっという間です」

「ここは……李美人の三区です。……自分は、怖い……」

小少は歯の根もかみ合わぬほどにカタカタと震えていた。どっと脂汗がふきだしているのが見える。

「ですから、死王などいませんよ。李美人の父君が流した単なるうわさに過ぎないのだと言ったでしょう」

小少はただ震えながら首をふるばかりだ。

なんてことだ、と延明は夜空をあおいだ。宦官《かんがん》は性を切りとられてはいるものの、女ではない。力も体格も強さも女官よりはずっとすぐれているからこそ、女ばかりの後宮において重宝されているのに、これでは先ほど震えていた夜警女官たちとすっかりおなじではないか。情けないにもほどがある。

「……では訊《き》きますが小少、万に一つ赤子が後宮を徘徊しているとして、なにができましょう。いたとしてもおぎゃあおぎゃあと泣くばかりですよ。捻《ひね》りつぶしてしまえばよい」

「ですから、死王はふつうの赤子ではないのです！　幽鬼です、呪うのです！　とり憑《つ》いて呪うのですよ！」

彼が声を荒らげたとき、一陣の風が吹きぬけた。

深い闇の奥で、なにかがカラカラと転がった音がする。

「ひいぃっ！　ほら、やはり三区は呪われている！　やはり死王はまだ三区にいるんだ！」

小少は震えあがって悲鳴をあげ、まろぶようにしてきた道を逃げて行った。

「なんと情けない」

もはや苛立ちを通りこして呆《あき》れ返るしかない。

「……まあよい。私たちでさっさと夜警を終わらせてしまいましょう」

桃花をうながそうとしたところで、くすりと笑う声がした。見れば、これまでぼんやりとしていた桃花が小首をかしげて笑んでいる。

「なにが、おかしいのでしょう？」

「いえ、だって。死王だなんておかしくて。生まれたのが皇子なら、死王ではなく死皇子ではありませんか。だれが勝手に王に冊封したのでしょう。主上ですか？　変なうわさ話ですわ」

——え、そこ笑うのか……!?

　まじまじと見つめる延明の前で、彼女はくすくすと笑い、最後には大きなあくびをひとつする。ここまでくると肝がすわっていると言うよりは、変わり者といったほうが正しいような気がしてくる。

「あなたは、死王のうわさが怖くはないのですね」

「怖いもなにも、棺でみつかったのはすでに息の絶えた胎児なのでしょう？　怖いよりも不憫《ふびん》だな、とは思いますけれども。なにごともなく誕生されていたなら、四番目の皇子として大切に育てられていたでしょうに」

「……ええ、そうですね。その通りです」

不憫か、と延明はすこし苦く思った。そういえば、死王騒動のせいでだれもそこを気にもとめていない。自分もそうであったことに、あらためて気がついた。

「しかし参りましたね、この死王騒動。宦官までもあの様子では、しばらく沈静化しそうにありません」

「そのようですね。死者が分娩するのは、たんなる自然現象なのですけれども」

「え……」

それはどういう——。

詳しくたずねようとした、そのとき。

三区の奥から女の悲鳴が聞こえた。

「どうしました！」

延明が声を頼りに駆けつけたのは、まさにくだんの李美人がくらしていた殿舎、そのうしろにある、李美人つきの宮女たちがくらす舎房だった。

「へ、碧林《へきりん》が、碧林が！」

戸を壊す勢いで房《へや》から飛びだしてきた女は叫び、両手で顔を覆ってその場にへたりこむ。すでに休んでいた宮女たちもなにごとかと集まり、彼女と、半開きになった戸を囲んでいた。

「どいてください。なかを見せて……」

女たちをかき分けてなんとか房に滑りこむと、手に提げていた灯ろうが異様な光景を照らし出す。

女だ。

せまい房のなか、年若い宮女が臥牀《ねどこ》に横たわっていた。

髪は乱れ、眼は半開き、口はなにかを威嚇するように歯ぐきをむき出しにしてかみしめている。姿勢は腹をこちらにむけて弓なりに反りかえり、その不自然な姿勢のまま身じろぎひとつしない。――ひと目ですでにこときれていると理解できる様相だった。

「これは、なにがあったのです……!」

延明が問いただすと、やじ馬たちがひとりの女をいっせいに見る。悲鳴をあげてこの房から飛びだしてきた女だ。

「わ、わたしは、なにも……」

女は白髪の交じりはじめた髪をゆらし、駄々をこねるように首を振る。だが、なにかを隠していることは明らかだった。

延明は房を出て、やじ馬たちに戻るよううながした。それから発見者であるらしき女を戸の前に座らせ、自身は隣にぴったりと寄り添って腰をおろす。彼女の手に延明の大きな手を重ねて「大丈夫です、落ちつきなさい」と囁《ささや》けば、いとも簡単に頬を赤らめた。

なんともちょろいものだ。延明は仄暗《ほのぐら》い思いで口端をあげる。

延明が蚕室《さんしつ》（腐刑の処置室）で性を切りとられたのは二十歳の時。すでに成人していたから、幼少期に宦官となった者たちと違い、肩幅は広く手も大きい。顔も体も十分男らしさを残しており、それが女ばかりの世界にくらす彼女たちにどう作用するのか、延明はよく理解していた。

「名前をきかせてもらえますか？」

「……莉莉《りり》です。高《こう》莉莉」

では莉莉、と呼べば、はじめて酒を口にした少女のように延明を見つめてくる。

「中で亡くなっている宮女について、なにがあったのか教えてください。私も担当官に報告しなければなりません。わかりますね？」

「はい。でもあの……」

「小棚の上に生薬らしき物の入った椀《わん》がありました。正直に話してくれなければ、あなたがなにかよからぬものを飲ませて死に至らしめたのだと、そう誤解を招く恐れがあります」

「あれはっ、違いますあれはあの子のための薬なんです！　毒じゃありませんっ！」

「舎房でくらすたかだか宮女に、高価な薬ですか。なんとも怪しすぎて庇《かば》いようがない」

　すこし脅してやると、高莉莉は血相を変えてしゃべりはじめた。

「あの子は碧林っていいます。あんな粗末な舎房にいましたが、ほんとうは私とおなじ李美人さまの侍女なんです。ただ、その、さいきん具合が悪くて寝こんでいて……」

「病ですか。病を得た者は暴室《ぼうしつ》で隔離されねばならないとは、知っていますね？」

「はい。でも、あの子が体調をくずしたのは李美人さまが病で亡くなった翌日のことで、隠した方がいいって、みんなが……」

「なるほど。三区で流行《はや》り病だなどとうわさが立つのは困るでしょうからね」

　彼女たちがやったことは、延明にも理解できなくはない。仕える妃嬪《ひひん》がいなくなった女官たちの立場は非常に不安定だ。脱却するためには、他の妃嬪からの引き抜きや配置換えを待たなくてはならない。なるべく条件のいい高級妃嬪に引きとってもらおうと考えるならば、流行り病の疑いなど、絶対にあってはならないのだ。

「心配せずとも大丈夫ですよ。碧林が自分であの房に閉じこもったのだ、ということにして差し上げましょう。暴室行きはだれもがいやがることですから、なんら不自然ではない」

暴室は病を得た女官や宮女の隔離施設であると同時に、罪を犯した者を収監するための獄でもある。医院ではないので治療を受けられるわけではなく、自然治癒するか死ぬかをただ待つだけの牢獄《ろうごく》なのだ。行って戻ってくる者など皆無に等しい。

「ところで、小棚にあった薬湯はどこから？」

「厨《くりや》を見ていただければわかります。李美人さまはとてもお優しいかたで、女官がいつでも使えるようにと薬湯の材料を常備してくださっていたのです。せいぜい体力をつける程度のものですが、私は彼女のもとへ毎日それを届けていました。ああ……でも、こんな……！」

高莉莉はおびえた目でぎゅっと体をかき抱き、暗闇につつまれた周囲を見まわした。

「や、やはり、死王なのですか……死王が、碧林を……？」

「なぜここで死王が出てくるのですか」

延明はうんざりだとばかりに溜《た》め息をついた。

「落ちついてください。病だったのでしょう？　ならば病死です」

「でも、わたし言いましたよね、あの子が不調を訴えたのは李美人さまが亡くなった翌日なんです……。頭が重い、熱っぽくてだるい、と。こんな偶然がありますか!?」

高莉莉は大きく震えた。

「冷静に。よいですか、頭重に熱、倦怠《けんたい》感、これらはまさに風邪の症状でしょう？

呪いとは風邪なのですか？　違うでしょう？　風邪をこじらせて亡くなるなど、珍しいことではない」

「で、でも……あの死に顔を見ましたよね!?」

興奮する高莉莉の背をさすりながら、延明はわずかに眉《まゆ》をよせる。

たしかに、ひどい形相ではあった。あれは歯を嚙《か》みしめているというよりは、歯ぐきまでむき出すようにした嗤《わら》い顔だった。そして、不自然なほど弓なりに反った姿勢。

正直、尋常とは言いがたい。

「……よほど苦しんだのでしょう。恐れるのではなく、憐《あわ》れに思ってやりなさい」

適当なことを言いながら、延明は内心で頭を痛めた。

あの、碧林という侍女の死に顔を、いったい何人のやじ馬が目撃しただろう？　その中に、幽鬼だの呪いだのというばかげたうわさを信じる者は、何人いる？

――多いだろうな。信じない者よりも、ずっと。

おそらく、明日《あした》には死王のうわさはさらに膨れ上がるのだろう。死王を産んだ李美人の侍女が、怪死をとげたのだ。なんと間の悪い。

――このままでは、中宮娘娘《ニャンニャン》の評価がさがってしまう……。

百官を率いて外廷を治めるのは皇帝。女官を率いて内廷を治めるのは皇后である。

あまりにも死王騒動が膨れれば、後宮の管理者としての立場上、皇后が責任を問われかねない。なにせ皇帝は皇后《つま》を愛していないのだ。これ幸いと廃后にして、寵妃《ちょうひ》である梅婕妤《しょうよ》を新たなる皇后に冊立してもおかしくはない。

皇帝自らが切りださずとも、梅婕妤の外戚《がいせき》らが黙ってはいないだろう。

――さて、これからどう手をうつべきか……。

延明が思案に沈みかけたとき、手提げ灯ろうが目の前を横切った。いや正確には、すっかりと存在を忘れ去っていた夜警女官、桃花が高莉莉の前へと進み出たのだった。

高莉莉はおどろいたように彼女を見つめた。

「あなたは、たしか梅婕妤さまの侍女の……」

「はい、姫桃花です」

おや、と延明はまたたいた。

夜警は下級女官の仕事だが、どういう理由でか、それなりに地位のある侍女がまぎれこんでいたらしい。それも、この後宮を牛耳る梅婕妤の侍女だったとは。

桃花は高莉莉をなぐさめるようにそっと背に手を添えると、そのおっとりとした口調で尋ねた。

「薬湯は、毎日お運びに？」

「え、ええ。毎日、夜に……」

高莉莉は困惑しつつも、これにこたえた。しかし桃花はこまったように小首をかしげて見せる。

「ですが、房《へや》にあった椀はすっかり生薬が沈みきって埃《ほこり》が浮いていましたけれども。あの薬湯の椀は、いったいいつのものなのでしょう？」

「あ、あれは……、その」

高莉莉は視線をゆらし、それから深くうつむいた。

「――ごめんなさい、ウソです。いえ、毎日運んでいたのはほんとうです。でも、それはその、四日前までで……三日前からは、運んでいませんでした」

怖くて、と高莉莉は両手で顔を覆う。

四日前といえば李美人の棺《ひつぎ》が暴かれた日で、瞬く間に死王のうわさが流れはじめたころだ。

「なるほど、病に苦しむ彼女の姿を見て、死王のしわざではないかと恐れたわけですか」

延明がつい冷ややかに笑うと、桃花が咎《とが》めるような目で延明をたしなめてきた。

なぜだ、とやや不服に思う。桃花こそ、高莉莉の薄情を責めるためにそういう質問をしているのではないのか。

「高さん、もうひとつききたいことが。薬湯は、運んでいただけでしたか？　飲ませてあげたりなどはなさったのでしょうか？」

それ見たことか、と思う。優しい口調だが、結局は高莉莉を責めている。

高莉莉は涙をためた顔をあげ、表情をくしゃりと歪《ゆが》ませた。

「たしかに、私はそこまでしなかったけど、だからどうだと……それが悪いとでも言うつもり？　うつる病だったらこっちだって死ぬかもしれないのに、九日間も私は薬を運びつづけてやったのよ。私以外はだれもあの房へ近づきもしなかったのに！　なのに、どうして責められなきゃならないの⁉　ちゃんと翌日には空になってたんだからいいじゃない！」

わっと声をあげて高莉莉が泣き伏せる。咎める視線を送るのは、今度は延明の番だった。

「桃花さん、もうよしてやりなさい」

「ごめんなさい、責めるつもりはなかったのですけれども……」

桃花が弱りきった顔で高莉莉にあやまろうとした、そのときだった。

「…………やっぱり、呪いだわ」

かすれる声が闇夜に響いた。

はっと気がついたときには、涙でぐしゃぐしゃになった顔をあげて、高莉莉がすっくと立ちあがっていた。目に浮かんでいるのは激しい怯《おび》えだ。

「なにを言っているのです。おかしな妄言はとりしまりの対象――」

「これはやっぱり病気なんかじゃない！　風邪っぽかったのなんて、はじめだけだった！　碧林の症状はずっと異常だった！　なにかにとり憑《つ》かれたように涎《よだれ》をまき散らしながら笑って……身体もだれかにあやつられたみたいに、引きつったり硬直したり、不自然なかたちになって！」

「おやめなさい！　静かに、だまって！」

舎房に並ぶいくつもの戸から、宮女たちが顔を出してこちらをみていた。

「これは死王の呪いなのよ！　死王の呪いで、碧林は死んだんだわ！」

高莉莉は頭をかきむしり、ひときわ大きく叫んだ。

「だから、私も呪いで殺されるのよ！　まだまだ死者が出るんだわ！」

＊＊＊

後宮一区の中心、昭陽《しょうよう》殿。その名の通り、光り輝くようなまぶしい装飾がほどこされた殿舎の耳房《こべや》で、桃花はうとうとしながら筆をとっていた。

昭陽殿の小主《あるじ》である梅婕妤は、梅が姓、婕妤が後宮内での位をしめす妃《ひ》嬪《ひん》である。本来は婕妤の上に昭儀《しょうぎ》という位があるのだが、現在空位のため、今上の最高級妃嬪となっている。

桃花はその梅婕妤の侍女であり、この耳房で寝起きして女主人の側近くに侍《はべ》り、また、書の代筆や詩作を代わって行う女史でもあった。

「桃花、桃花！」

呼ばれた気がして顔をあげる。正房《おもや》につながる戸口で、侍女仲間の才里《さいり》が眉をつり上げて立っていた。

「ちょっと何回呼べば気がつくのよ⁉　どうせまた居眠りでもしてたんでしょ！　早くきなさいったら！」

「寝ていたわけでは……」

「いいえ寝てた！　ああもう、顔に墨なんてつけて……！　ほら早く、婕妤さまがお呼びよ」

顔を適当にぬぐい、書き終えたばかりの書簡を掲げて主人の前へと進み出る。

「お待たせいたしました、婕妤さま」

梅婕妤は春らしい白の内衣《ないい》に紅梅の深衣を重ね、蘇芳《すおう》色の刺繍《ししゅう》をほどこした緞子《どんす》の帯を締めるという、いかにも春らしい装いで座していた。肩に羽織る紗《うすもの》も白く、二十代の半ばとなっても未《いま》だ少女のように愛らしい顔立ちをした彼女に、よく似合っていた。

だがその容貌《ようぼう》にも、ここ数日の寝不足が色濃く影を落としている。幽鬼騒動のせいで眠れないのだ。梅婕妤はどこか疲れた様子で書簡を受けとり、仕上がりを確認してから他の者にそれを託した。

「ご苦労だったわね、桃花。今日はいつにも増して眠いでしょう？　昨夜はあなたに夜警を頼んでしまってすまなかったわね。どうしても皆、怯えて行くのをいやがるものだから」

「いえ、歩くのは好きですので、とてもよい散歩となりました」

「おまえはほんとうに豪胆だこと。では、今夜も行ってくれるのね？」

「もちろんでございます」

揖礼《ゆうれい》をささげると、梅婕妤はくまの濃くなった目もとを気にするようにさすってから、「ところで」と不安げに視線を下げた。

「昨夜、ついに死王に憑き殺された者が出たとか」

威厳を保とうとしつつも、わずかに震えのうかがえる口調で梅婕妤は問うた。

やはりその話か、と桃花は思う。昨夜の碧林の件については箝口令《かんこうれい》が敷かれていたが、人の口に戸はたてられないものだ。だれかが梅婕妤の耳に噂を運んだのだろう。

「婕妤さまご安心くださいませ。呪いや怨《うら》みで人を殺せるのなら、この後宮はとっくに無人になっていてもおかしくございませんわ」

「おまえは桃のような愛らしい顔をして辛辣《しんらつ》なことを言うわね。——それで、どうだったの？　昨夜おまえもなにか見たのではない？」

桃花は返答に困った。幽鬼は見ていないが、憑き殺されたと噂される女官の死体は見た。だが余計なことをしゃべって、怖がりな主人をこれ以上怯えさせたくはない。

嘘はきらいだが、なにも見ていないというべきか——そう口を開きかけたとき、桃花の逡巡《しゅんじゅん》を掃《はら》うかのように、客人来訪の合図が鳴った。ほぼ同時に、息を切らせた少年が駆けこんでくる。

「母上！」

梅婕妤《しょうよ》の子、御年九つの蒼《そう》皇子だ。

後を追うように急ぎ足でやってきたのは、萌黄《もえぎ》の深衣に身を包んだ、まだ幼さの残る若い妃嬪——おなじ一区に住まう呂《りょ》美人だった。数人の女官も後ろに従っている。

「まあどうしたの、ふたりとも」

「婕妤さまに置かれましては、ごきげん麗しく」

呂美人が揖礼をささげる。蒼皇子は早く早くと婕妤の手をひいて立たせた。

「母上、呂美人が花園で花見でもしましょうとお誘いくださったのです。よい天気ですから、花でも愛《め》でていれば気分もすっきりするだろうと」

「まあ、花見」

「実家から良い茶葉が届いたところなのです。もしよろしければ婕妤さまにもお楽しみいただきたく」

呂美人は高官の娘だ。多くの娘がそうであるように、彼女も実家の勢力拡大のために、昨年十五歳で後宮へと送られてきた。しかし彼女自身には寵《ちょう》を得ようという意思は薄いようで、そういったところが特に梅婕妤に気に入られていた。

梅婕妤は薄暗い室内と外のまぶしいほどの天気とを見くらべるようにしたあと、「そうね」とうなずいた。

「ちょうど花園の紅梅も見頃だものね」

「はい。あのすばらしい紅梅は、梅姓である婕妤さまのために主上が集められたものだと聞いております。主上のご寵愛がきっと婕妤さまのお心を慰めてくださいますわ」

「母上の寝不足もきっと治ります。酒ではなく茶をのみ、太陽の光にあたることが安眠の秘《ひ》訣《けつ》なのだと、侍医も言っていたではないですか」

蒼皇子が言うと、梅婕妤は弱ったように眉《まゆ》をさげながら、指先でコンと脇息を打った。内心では苛立《いらだ》っているときの、梅婕妤のくせだ。

寝不足になっている理由が理由であるから、我が子であろうと無邪気に口をはさんでほしくないのだろう。

勘気に触れるだろうか。そう女官たちがハラハラしながら見守ったが、今回は杞《き》憂《ゆう》に終わった。

「あら呂美人。あなたのところの女官たちも、ずいぶんと顔色が悪いのではない？」

ふと、呂美人が連れている女官たちに目をとめて、婕妤が言う。

呂美人の女官といえば、後宮ではちょっとした注目の的だった。小柄でまだ幼さの残る顔立ちの呂美人に対して、どれもすらりと背が高く、凛々《りり》しげな麗人ばかりなのだ。彼女たち見たさにせっせと呂美人と交流をもつ妃嬪も少なくない。

呂美人は困ったように女官たちに視線をやった。

「じつは幽鬼が苦手なものが多くて、寝つけない女官が多いのです。まだ後宮入りして一年しか経ちませんし、場所に慣れていないからなおのようで」

「そう、では皆で紅梅をながめながら、ゆるりと陽気にあたってきましょうか。幽鬼は陰気を好むというものね。では行ってくるわ、桃花、才里、留守を頼むわね」

「行ってらっしゃいませ」

桃花たちは深く頭をさげ、主人たちの輿《こし》を見送った。

「それでね、死んだ侍女は朝な夕な病床で涎《よだれ》を垂らしながら、歯をむき出しにして笑っていたそうよ。それだけじゃなくて、たびたび金縛りにもあっていたとか！」

耳房《こべや》で粟餅《あわもち》をかじりながら、才里が行儀悪く几《つくえ》にひじをついて言う。

「まさに憑《つ》かれているとしか思えなかったという話よ！　どう思う、桃花」

「……気の毒、と」

「なに言ってんのよ、そういう話がしたいわけじゃないのあたしは——って、こら寝ない！」

「……はい。起きてます半分」

ぜんぶ起きろ！　と小突いてから、才里は空になった茶をとりに部屋を出て行った。その際にも「起きてなさいよ！」と釘《くぎ》を刺すことを忘れない。

主人が留守のあいだ、こうしておしゃべりに花を咲かせるのが女官の大切な息ぬきなのだと、才里はいつも言う。

——できれば静かに寝させてほしい。

ぼんやりとそう思いながら、花窓を見あげる。窓辺には小さな苔玉《こけだま》が飾ってあった。

「ああそれ、李美人にもらった手づくりの苔玉ね」

そそくさと戻ってきた才里が、桃花の視線を追って言う。

「いつだったか……うーん去年の初夏くらいかしら？　まだ李美人と婕妤さまが仲よくしてらした頃のよね。あのかたの殿舎にはたくさんの苔玉や野草が飾ってあった、素朴な李美人によく似合ってる、なんて婕妤さまも言ってらしたわね」

はいあんたのぶん、と桃花にも茶をさしだして、才里はふたたびくつろいだ様子で腰をおろした。

「李美人もねぇ、まさかこんなことになるなんてねえ。あの方も大人しくしていれば、婕妤さまに目をつけられることもなかったでしょうに」

いまや李美人をいびっていた妃嬪《ひひん》として有名——それどころか一部女官たちからは李美人を謀殺したとまで思われている梅婕妤だが、もともとふたりの仲はそう悪いものではなかった。

　李美人はもう何年もお手がついていないという『帝《みかど》から忘れ去られた女』で、梅婕妤は寵を競わない相手に対してはとても寛容なのだ。

　ところが去年の晩夏、この李美人が帝と閨《ねや》をともにした。しかも懐妊までしたことで、ふたりの仲は決裂したのである。

　さらに、寵に興味はないという顔をしながらも、李美人がかなりの賂《まいない》を各所にばらまいて機会を得たという情報があり、そういった点がさらに梅婕妤の怒りを買った。

　桃花も「あんな女だと思わなかった！」と婕妤が憤慨していたのを覚えている。

「って言っても、婕妤さまによる謀殺だなんていうのはさすがに言いすぎだと思うけどね。それくらいで殺してたらキリがないもの。あの怖がりだし。あ、そうそう、で幽鬼の話だけど」

「幽鬼の話はもうおなかいっぱいです」

「えー。だってあんた昨夜の夜警に行ってたじゃない。なにか面白い体験とか、面白い話とかきかなかったの？ なにか見たりとか」

「興味があるなら、今日の夜警は才里が行きますか？」

親切心で言ったのだが才里はぎょっとした顔をして、それから拗《す》ねたように口をとがらせた。

「……この殿舎にほとんど幽閉された身だけど、さすがにそれはごめんだわ」

あまりにも消沈してしまうので、桃花は仕方がないと昨夜の記憶を掘りおこす。

「じゃあ、妖狐《ようこ》を見た話でもしましょうか。あの有名な」

「えっ？ 夜警の支援にきたのって、延明さまだったの⁉」

で、どうだった？」と才里が身を乗り出してくる。皇后のお気に入り宦官《かんがん》、孫延明といえば有名だ。

見た目の美しさもさることながら、五年前に罪を得て腐刑——浄身となり皇太子の寝宮に仕え、その後、罪は冤罪《えんざい》だったとして身分を回復したという数奇な身の上でも知られている。

「そうですね、妖狐は……つねに微笑みを絶やさない方で、白くてきれいで」

「それでそれで？」

「あと、笑顔が嘘くさくて腹黒そうな方でした」

＊＊＊

この日は風の強い夜となった。

春嵐とまでは行かないが、流れてきた雲か霞《かす》みが月を隠し、冷たい風が後宮に植えられた柳や松をゆらす。手提げ灯ろうも右に左にと大きく躍り、つくりだされた影が不気味にうごめいた。

そのたびに小さく悲鳴をあげては宦官に身を寄せる夜警女官たちを見まわして、延明は首尾は上々だと満足する。

「では、昨夜の組みあわせで、各々の担当区をしっかりとまわってください」

指示を出し、夜警へと出発する。

後宮門番の小少が欠席という問題はあったが、些末《さまつ》なことだ。どうせいたところでなんの役にも立ちやしない。むしろ、桃花という女官が梅婕妤《しょうよ》の侍女だとわかった以上、邪魔でもあった。皇后からは桃花を誘惑して味方に引き入れよ、という指示を受けている。

――しかし、この変わり者を籠絡《ろうらく》するのは手がかかりそうだ。

目を潤ませながら儚《はかな》くうつむく桃花を見て、延明は困惑に眉を寄せた。

あの姿は夜警を怖がっているわけでもなんでもなく、ただあくびをかみ殺しているだけだ。それはいい。幽鬼だなんだと騒がれるのは望むところではない。そればかりか騒ぎを大きくしないため、昨夜はあの異常とも思える遺体まで見たのだ。その際には延明とともに、そばで灯ろうを掲げて遺体を照らす役目まで手伝わされたのだ。

少量の失禁がにじんだ衣服をはがされ、戸板の上に寝かせられた碧林の遺体はすっかり硬くなり、まぶたを閉じさせることもできなかった。虚《うつ》ろに開いた瞳《ひとみ》は、つきだしたまま硬直したみずからの指をながめて嗤《わら》っているようにも見え、その姿はさすがの延明でさえ目をそらす異様さだった。正直、幽鬼はともかくとしても、こうして暗闇の中にいるとあの姿を思い出さずにはいられない。

それをこうして平然としているなど、この娘のほうこそ尋常ではない気がしてくる。

「まあ、やるしかないですか」

「はい……いまなにか？」

「いいえなんでも。さあ桃花さん、行きましょうか」

延明はひととき艶《つや》やかな笑みを浮かべて、桃花をうながした。

「今夜は風が強いですね。さあ、私の陰に入って。こんな私でもあなたの風除《よ》けくらいにはなれます」

女性に気遣いを見せつつ、あざとくはにかんで見せる。

点青もよく言うが、女というのは大切にされるのが好きだ。気遣いで距離を詰めつつ、顔の良さと体格の違いを見せつける。

だがやはりというべきか、桃花はなんの反応も示さない。

宦官を嫌う女はいるが、桃花の態度はそういった嫌悪とも違う。正直、困惑するしかない。

「……ああ、危ないですよ桃花さん、ほら、今日は風が強いですから、灯ろうはしっかりと持って」

「持ってくださるのですか。ありがとうございます」

「…………」

彼女の手にそっと指を添えたのだが、肌の触れ合いに恥じらうどころか、灯ろうを押しつけられてしまった。

――なんだろう、これは……。

延明は一瞬遠くを見つめた。

男慣れしているとか、そういう感じではない。豆腐に釘《くぎ》を打ちこんでいるような、非常に虚《むな》しい気分がしてくるのはなぜだ。

「あ、桃花さん、髪に葉っぱが」

延明はめげずに、桃花をぐっと身近に引き寄せた。

「動かないで」

己の美醜くらい、延明もわかっている。この恵まれた容姿を存分に近づけて、桃花の髪に触れる。この長身で包みこむようにすれば、たいていの女官は頬を赤く染めて――。

「葉っぱなど、どうせまたいくらでもからんできますわ。気にするだけ人生の無駄だと思うのですけれども」

「…………」

「そもそもなぜとらなくてはならないのでしょう。わたくし、百年からんでいても気になりませんわ」

「…………」

延明は内心で頭を抱えた。

――この女はダメだ……。

少なくとも延明に対して、無聊《ぶりょう》を慰めるような役割をこれっぽちも期待していない。

しかもなんの反応も示さないものだから、自分はいったいなにをしているのかと逆にこっ恥ずかしい気分になってくる。非常につらい。

「どうかなさいましたか、延明さま？」

「……いいえ、なにも」

延明はここ数年で最も吹っ切れた爽《さわ》やかな笑みを浮かべた。

無理なものは無理である。延明は早々にあきらめることにした。

そもそも命じられたからやったまでで、延明は点青のように女を口説いて遊ぶのが好きではない。もはや男ではなくなった身で虚しく、改めて惨めな体を思い知るだけではないか。

皇后の命については改めて女官を探してくるなりして、なんとかすればいい。

桃花は延明の気も知らずのんきなもので、あくびのしすぎで大粒の涙をほろりとこぼしていた。気が抜けるといったらない。

「……それにしても桃花さん、眠そうですね。昼間は侍女として婕妤に仕え、夜は寝る時間を削って夜警では大変でしょう。第一、夜警など侍女がするような仕事ではないでしょうに」

「そうでもありませんわ。侍女と言っても、わたくしはほとんど殿舎の中だけでお仕えしておりますので」

「ああ、梅婕妤の〝隠された女官〟というやつですね」

情報によると、梅婕妤は見目麗しい女官を見つけると手もとに置き、帝《みかど》と出会わないよう囲ってしまうのだとか。実家の期待を背負って入宮した身にとって、それはひどい飼い殺しだった。

「なんと憐《あわ》れな。それでは二重の鳥籠《とりかご》に捕らわれているようなものではないですか」

一応、声と表情には同情をたっぷりふりかけた。これで引っかかって梅婕妤の悪口をこぼしてくれれば、そこからうまく味方に引きこむことだってできる。

そう思ったのだが、予想外の反応が返ってきた。

桃花が目を輝かせ、喜色満面にうなずいたのだ。

「ええ。ですので、大変快適に過ごさせていただいているのです！」

「え」

「いただいたお部屋はじつに狭くて丁度よく、顔に墨がついていようが、うたた寝していようが叱られません。起きている時間も大概字を書くだけですので、これも眠っているのと大して変わりございませんわ」

「…………」

「ほとんど外に出ることもありませんので、数日着替えずとも、髪を梳《と》かさずともだれも気がつきません。ああ、なんて快適！」

あっけにとられて言葉が出ない。もしやこれは野心も欲望もない、かなりダメなぐうたら女官なのではないだろうか？

「この夜警など、日ごろの運動不足解消に丁度よいのです。周囲は暗闇ですので、寝ながら歩いているのとなんら変わりございませんわ」

「そ、そうですか……」

「ですので夜警を代わってくれた女官にも感謝しているのです。死者の分娩《ぶんべん》はふつうに起こる自然現象で、恐れるようなものではないのですけれども」

「自然……それ、昨夜も言ってましたね」

昨夜はくわしく訊《き》こうとしたところで、高莉莉の悲鳴が聞こえたのだった。

「はい。『棺内分娩』と呼ばれる自然現象ですわ。文字通り、死後に棺《ひつぎ》のなかで分娩することを言います」

「死者が出産を？　それのどこが自然なのです」

「分娩と呼ばれてはいますが、通常の出産とは違うのです。人の肉体は死後、腐敗によって膨張し、関節もゆるみます。体内には腐敗による陰気《ガス》がたまり、それに押しだされて胎児がでてくるのですわ。李美人の棺をあらためる際、きちんと知識と経験のある検屍《けんし》官を伴っていれば、このようなおかしなことにはならなかったのではないかと存じます」

「あなたはいったい、どこでそのような知識を……？」

延明は瞬《まばた》いた。

彼女は姫姓だ。姫家といえば、いにしえよりの名家である。

「わたくし、養女なのです。生家は代々つづく検屍官の家系でした」

「あぁなるほど、なんだか腑《ふ》に落ちました。あなたにとって、生家の生業《なりわい》上、死は近しいものであったのですね。だからこそ幽鬼や怪談を恐れない」

納得すると同時に、彼女に対する同情もわずかに湧いた。

官吏の登用が郷挙里選《きょうきょりせん》――すなわち地方からの推薦によるように、後宮入りもまた、地方各地からの推薦によっている。

家柄ではなく容姿や健康、父母への孝徳などが選考基準とされているが、容姿の優れた少女を買いとり、養女として育てて後宮に送りこむ豪族や官吏が後を絶たないのが現実だった。

桃花も、そういう野心を背負わされた立場なのだろう。あわれなことだと延明は思う。帝のお手つきがなければいずれ年老いてから宮城を出られるが、こうして入宮させられた娘に帰る場所などない。両親は金子《きんす》を受けとり親子の縁を切ったのだ。養父は養女が金の卵を産むことだけを期待している。なにもなさなかった養女に帰路はない。

「いくつの時に、姫家へ?」

「十三です。わたくしは姫家にひきとられるまで、祖父のもとで仕事の手伝いをして学んでいたのです」

仕事の手伝いとはつまり、検屍の手伝いということか。

驚きが顔に出てしまったのか、桃花も困り顔で苦笑する。

「おかしいでしょう？　でも、やりたかったのです。わたくしの目には祖父はとてもまばゆい存在でした。死体に触れると穢《けが》れると言いますけれども、あれはウソです。祖父は穢れてなどいなかった。まっ白で、つねにわたくしの歩くべき道を照らしてくれたのです」

祖父の姿を思い描いたのか、桃花はやわらかく目を細める。

「世間では敬遠されますが、誇るべき仕事ですわ。無冤術《むえんじゅつ》は」

「無冤術？」

「はい。祖父が、検屍術とは〝冤罪《えんざい》を無くす術〟であると。それで無冤術というのだと教えてくれました。死者の声を聞き、罪なき虜囚をすくうすべです」

「罪なき虜囚……」

ずしりと胸に響いた。

延明の身体には、冤罪が刻まれている。

その傷から、心の奥から、どっとなにかがあふれてきそうな感覚に、めまいがした。

「どうかなさいましたか？」

「いいえ。……なにも」

——そうだ。なんでもない。

もう終わったことだった。こぼれた水が盆に返らないように、下された冤罪は消えはしない。たとえ身分をとり戻そうとも、この身に刻まれた傷は生涯消えはしないのだ。

延明はいやな汗をぬぐい、いつもの微笑みを顔に貼りつけた。

「しかしよいことを聞きました。棺内分娩という現象について、広く公表できるよう手配してみましょう。この馬鹿げた死王騒動も落ちつくやもしれません」

ふたりは夜警の声かけをしつつ、今夜もまぶしい一区をぬける。

妃《ひ》嬪《ひん》を亡くした三区はそれと対照的にとっぷりと闇に暮れ——ているかと思いきや、下級女官の住まう行閣だけでなく、小間使いである宮女用の舎房でさえ、今夜は贅沢《ぜいたく》に灯《あか》りがともされていた。消灯の声をかけても消される気配がない。

「まったく。亡くなった碧林と言う侍女については、風邪をこじらせての病死であったときちんと発表したのですがね……。まあ昨夜のことですし、大目に見ましょうか」

延明が言うと、桃花が足を止めた。

「あれは病死であって、病死ではありません。傷害による致死《さつじん》ですわ」

桃花は柔らかい口調で、けれども断固として言い切った。

「はい？」

延明はあっけにとられた。

「桃花さん、なにを急に。あなたも遺体検分には立ち会ったではありませんか。傷害をうけた痕《あと》など、どこにもなかったでしょう？」

あの遺体状況、しかも女性の裸体ともなるとほとんど視線はそらしぎみだったが、遺体検分を行った掖廷《えきてい》官が「殴打のあとなし、刃傷《にんじょう》なし、服毒のあとなし」と確認していたのはきいていた。

毒や外傷などの不審点がなく、病であったとの証言がある場合は病死とされるのが通常だ。

言うと、桃花は右手の小指を立てて見せた。

「いいえ。彼女の右手小指には小さな傷がありました」

「あれは……非常に小さなものでしたでしょう」

遺体の虚《うつ》ろな目がながめるようにしていた指だ。すでにかさぶたができ、治りかけた些《さ》細《さい》な傷だった。そんなものひとつひとつを「傷害だ！」などと判断していたら、この世の死者は大半が傷害致死になってしまう。

「だいたい、人ひとり死ぬようなものでは――」

「いいえ。死ぬのですわ」

まっすぐなまなざしが延明を射た。

「傷の大小は関係がありません。わずかでも皮膚がやぶれたところから、風《ふう》は容易に入りこむからです」

「風？」

「土壌にある毒です。これを破傷風《はしょうふう》ともいいます。主な症状は開口障害と、顔面の痙《けい》攣《れん》による引きつった笑い顔です。重度になると、背を弓なりにするほどの全身痙攣を起こします」

延明は、碧林の異常な遺体状況を思い出した。たしかに、噛《か》みしめた歯、不気味な笑み、背筋をそらした不自然な姿勢――症状は合致しているかもしれない。

「碧林の主《あるじ》である李美人さまは、手づくりの苔玉《こけだま》を梅婕妤さまに贈ってくださったことがあります。あのかたの殿舎にもたくさん飾ってあったのだとか。お好きだったのでしょう。けれども、その苔玉を妃嬪手ずからおつくりになったとは限らないのです。それはおわかりでしょう？」

「ええ……もちろん」

妃嬪は労働などしない。たとえそれが労働ではなく趣味なのだとしても、磨いて手入れをしている爪が汚れ、手が荒れる行為を厭《いと》う。かわりにそれらを行うのは、妃嬪に侍《はべ》る侍女たちの役割だ。

「つまり、苔玉づくりを行っていたのは亡くなった碧林で、彼女はその際、あの小さな傷から病を得たと？　しかし」

——ならば、やはり病死ではないか。

そう指摘しようとした延明を、桃花は手をかざして制止した。

そのまま、立てた小指をのこしてにぎりこむ。

「問題はあれが、咬《か》み傷であったことですわ」

「咬傷《こうしょう》ですって？」

「掖廷官に確認いただければたしかかと。獣ではなく、人の歯形です。出血、治ろうとした形跡があることから、生前にうけた傷であるとわかります。そして、ほかに風《ふう》が入りこむような傷はなかった。感染源はあの咬傷にまちがいありません」

桃花はさらに先をつづける。たたみかけるようなしゃべり方ではないが、最早、ぼんやりと眠たげな彼女はそこに存在しなかった。

「咬傷は他物——すなわち『刃物以外の凶器である』と定義されていますので、歯によって他人を傷つければ『他物による傷害罪』となります。さらに、その傷をもとした病で期間内に亡くなれば殺人を以《もっ》て論じる、と律で定められていますわ」

「しかし、あの嚙みあとがだれかからの傷害とはかぎりませんよ。碧林本人のものであるやも知れません」

「いいえ。前歯のかたちがちがいました」

あの場でそんなところまで見ていたのか、と延明はあぜんとした。

「……なるほど、参りました」

力をぬくと、こみあげてくるのは妙な可笑《おか》しさだ。笑うしかない。後宮には詩や楽、機織りから剣舞まで、さまざまな特技を身につけた美女が咲き誇るが、検屍《けんし》に律の知識とは恐れ入った。

延明が肩をふるわせて忍び笑うのを見て、桃花はふしぎそうに小首をかしげる。そのしぐさだけを見れば、後宮に咲く百花のひとつであるというのに。そう思うとなお可笑しい。

「せっかくですから、確認といきましょうか」

「あの？」

歩き出した延明に、桃花が怪訝《けげん》そうについてくる。

「乗りかかった舟です。どうせ寝られず起きているのでしょうから、高莉莉に話を訊《き》いてみましょう。他者に嚙まれてケガをしたのなら、おそらく小さな騒動くらいにはなっていたはずです。嚙んだ者がだれだかわかるでしょう」

女官たちとケンカのようなものがあり、その際に嚙まれたのだろう。ちょっと訊きこめば、この場で嫌疑がだれにあるのか特定できる。

しかし桃花は延明の衣をつかんで引きとめた。

「――おそらく、だれも知らないのだと」

「え？」

「……碧林も言えなかったのではないか、と思うのです」

それこそ言いにくそうに、桃花は視線を伏せた。

「おそらく、あれは……その、情事のときについたものではないか、と」

「……は？」

ぽかん、とあごが落ちた。

あまりに予想外の答えで思考が一瞬止まってしまったが、ゆっくりと回りはじめた頭で考えると、おのずと答えは導かれた。

咬傷、情事。これらがあらわすのは、すなわち。

「――相手は宦官《かんがん》、ですか」

皇后が延明たちを使って女官を誘惑しようとしたように、宦官と女官が恋仲になることはそう珍しい事ではない。

そしてまた、男を切りとられている宦官が性的に興奮すると、その発散に行いがちなのが咬むという行為だった。噛み、舐《な》め、発散できない欲望に苦しんだのちに、どっと汗をふきだして終わるのだ。この苦しみの最中は噛み傷が深くなってしまうことも珍しくない。

「い、いや……。待ってください。さすがに決めつけすぎではありませんか？　破傷風や感染箇所に関しては納得しましたが、なぜ噛んだのが宦官だとわかるのです？　それこそ他の女官との喧嘩《けんか》かもしれません」

「――それは、彼がこう言ったからですわ。『死王は三区にいる』と」

なにをいっているのか。延明はそう問おうとして、思い出した。

死王、三区――そういえば、そのようなことを口走った者がいた。

「小少、ですか……？」

あの臆病者《おくびょうもの》の後宮宦官だ。

「ええ。そして先に明らかにしておきたいのが、病床に伏せる碧林の世話をしていた何者かがいる、ということです」

「……聴きましょう」

うながすと、桃花は「では」とくちびるを軽く湿らせるようにしてから、口を開いた。

「破傷風は開口障害を伴うと、先ほど申しあげました。こう、歯を噛みしめ、歯ぐきをむきだしたような状態でほとんど開かなくなるのです。嚥下《えんげ》にも障害を伴うことがあり、重症の場合、身体の激しい痙攣もあります。ですので、運ばれた生薬をたったひとりで毎日しっかり飲んでいた、という状況はおかしいのです」

そういえば、と高莉莉の言葉を思い起こす。

　高莉莉は『運んでいただけだ』と証言していた。飲ませたりはしていないと。そして、『次の日には空になっていた』とも。

「それだけではありません。症状が進んで、弓なりになるほど全身に痙攣がおよぶと歩行も困難になりますから、排泄《はいせつ》の問題もあったでしょう。しかし遺体検分の際、衣服にあったのは少量の失禁だけ。大も小も何日もたれ流したという感じではありませんでした」

「……女官のだれかが下の世話をしていたのかもしれませんよ」

「ならば、なぜ薬湯を運ぶ役を引き受けなかったのでしょう？　わざわざ下の世話をするほど親身であったのなら、心情的に、薬の入った椀《わん》をただ置いていくだけの高莉莉さんに任せておけるでしょうか」

　つまり桃花が言っていることはこうだ。

　碧林には、病で隔離された彼女のもとへと通い、薬湯をのませ、排泄の介助、あるいは片づけをするほど親身であった人物がいた。

　その人物は親身ではあるが、なぜか薬湯を運ぶ役を引き受けることはなかった。

「では桃花さん、それが小少であると思った理由を教えてください」

「昨夜、三区の前についた時のことです。ひどく怯《おび》えた彼は、風で物が転がる音におどろいて、こう叫びました。『やはり三区は呪われている。やはり死王はまだ三区にいるんだ』と」

一挙手一投足を覚えているというわけではないが、延明は記憶力のよいほうだ。たしかに小少はそのように口走っていたと思われる。震えあがった小少は、そして逃げてしまったのだ。

「妙だとは思いませんでしたか？　これは挙げ足をとるようでお恥ずかしいのですが、わたくしは彼の言葉が引っかかりました。『やはり』という言葉は、『案の定』ということです。思っていた通り、あるいは予想していたことが裏づけられたときなどに主に使いますね。ということは彼はあのとき、『三区は呪われている』『死王は三区にいる』と、もともと考えていた、ということにはなりませんか？」

「それがどう妙なのでしょう。なにせ、李美人の三区です」

「思い出してください、死王の噂を。死王は母の怨《うら》みを晴らすため、謀殺の首謀者をさがして夜な夜な後宮をはいずりまわっているはずなのです。ですので、李美人が住んでいた三区を気味悪くは思っても、そこに死王がいるなどと考えるのは合理的ではないのですわ。なにせ三区にはいま、妃嬪《ひひん》はひとりもお住まいではないのですから」

――たしかにそうだ。

延明はこくりと唾《つば》をのみくだした。謀殺の首謀者と目される妃嬪は、三区にはいない。現に、夜警女官が恐れていたのは、李美人をいびっていたことで有名な梅婕妤が暮らす一区だった。

一区での目撃情報が最も多いのだ、とも言っていたではないか。

「それに、『まだ』という言い方も気になったところです。『まだいる』とは『依然としている』と言い換えることができます。つまり『死王は依然として三区にいるのだ』ということになります」

「——つまり、小少は三区のなかで死王を見たことがあるのだ、と、あなたはそう言いたいのですね」

正確には、三区で異様な容体で臥《ふ》せる碧林を見たことがある、だろう。

高莉莉がそうだったように、碧林の症状を呪いだと思いこんでもふしぎではない。

しかし、小少は後宮の門番である。三区に足を踏み入れるような用向きがあったとは思えない。夜警もはじめてということだったから、夜警で碧林の容体を覗《のぞ》いたとも考えにくい。

ではいったいいつ、病床の碧林を目撃したのか。

それに対する答えが、碧林の指にあった咬《か》みあとであり、病床にある碧林の世話をしていた人物の存在であると、桃花は言いたいのだ。

「たしかに、碧林と小少は恋仲だった——そう考えるとつじつまが合う。彼が薬湯をみずから運ぶことをしなかったのは、できなかったからですか……」

水面下では絶えないことだが、表向きは宦官といえども女官との密通は罪だ。高莉莉や宮女たちに声をかけることはできなかっただろう。

「ですので延明さま、もし可能であれば、どうぞもう一度明るい昼の陽ざしのもとで、あらためて遺体の調査を。夜のうちには見つけることがかなわなかった噛《か》み痕《あと》もまだあるやも知れません。『棺内分娩《ぶんべん》』の件も含めて、死王騒動の収束は娘娘《ニャンニャン》にも悪い話ではないと存じますわ」

＊＊＊

大光帝国宮城の西——自然豊かな離宮『百花苑《ひゃっかえん》』はその日、華やぎに満ちていた。紅白の梅やレンギョウが咲き乱れるなか、宮廷の庖人《りょうりにん》が腕をふるった豪華な料理や酒、餅《もち》や米餌《だんご》などの甘味が振る舞われる。

穏やかな空に響くのは、楽士による笛や箜篌《たてごと》の奏楽だ。それにあわせ、花よりなお眩《まばゆ》い装いの宮妓《きゅうぎ》たちが舞う。

しつらえられた座からそれらを楽しむのは帝《みかど》、そして皇后だ。いつもは帝の左右に侍《はべ》る寵妃《ちょうひ》たちは今回、やや離れた座から宴《うたげ》を囲んでいる。なにせ、今回は皇后の働きを賞揚するための宴でもあるのだ。

「ふうん、梅婕妤《しょうよ》のところにそんな隠し玉がねえ」

「隠し玉と言うか、べつな理由で隠されているだけで活《い》かされてはいないというべきか……」

離宮での宴には同行せず、留守を預かることになった点青と延明はふたり、座卓を囲んで杯《さかずき》を交わしていた。

今回の件での褒美にと、主人から休暇と酒を賜ったのだ。

「ああなるほど、帝の目に留まりそうな女官は梅婕妤が手もとに置いて管理してるってやつか。で、どれほどの佳人だった？」

「佳人……。佳人と言うのにあれほど抵抗のある女官はいませんね。あれはぐうたら寝ること以外に野心を持たぬ、言うなれば老猫です」

「おまえ、落とせなかったからって根に持っているな？」

「いいえ。あれは女色家ですから落とせようはずもありませんね」

にっこりと笑みつつ、くちびるの端がひくつきそうになる。

延明は灯ろうを持たされてしまったときのことを思い出した。手と手が触れあったのに、いったいなにをどう勘違いしたのか、灯ろうの持ち手を押しつけられた。羞恥《しゅうち》に頬を染めることもなく平然と、だ。

卑しい宦官《かんがん》に触れられたと嫌悪の目で見られるならまだわかるが、あんな反応ははじめてだった。

「おまえなぁ……。すこしは感謝しとけばいいのに、その老猫女官に。おかげでこうして、昼間から酒をちまちまやりつつ羽をのばせているんだろう」

「感謝もなにも、向こうは敵陣営ですよ」

「その敵陣の伏兵からこっそり塩を送られたわけだ」

たしかに、点青の言葉は間違ってはいない。桃花の助言を受け、延明は皇后の名のもとに、碧林の再検屍《けんし》を手配した。

碧林の遺体は、城外にある西の共同墓地にて埋葬されていた。埋葬といっても身分が低いので、ゴミを埋めるのとやり方はそう変わらない。憐《あわ》れにも思える境遇だが、いちおう埋葬されていたのが幸いした。土中では腐敗の速度がゆっくりになるのだという。

掘り返されたとき、まだ碧林の体には皮膚も肉もきれいに残った状態であり、桃花の指摘した通り、乳房や秘部からも薄い歯形を検出することができたのだ。そしてそれらは見事に小少の歯型と一致した。

皇后はこれらのことから小少を大々的に捕縛し、死王に憑《つ》き殺されたと騒がれる碧林の死については、小少による『傷害致死』であったと発表した。

同時に死王騒動についても自然力——すなわち腐敗による自然現象であると後宮

下々にまで通達し、また、おなじく帝に仔細《しさい》報告をした。

これに伴い李美人の父、そして棺《ひつぎ》の再掘にたずさわった検屍官や役人などが、妄言を流布し宮廷を騒がせた罪で捕縛されたという。

そしてあらためて、死王というのは李美人の父による妄言であったと発表がなされ、後宮を震え上がらせた怪談はひとまずの収束へと向かっている。

死王騒動に関しては、延明が当初より考えていた通りの結末となった。

そして今日の宴はこれらの功績をあげた皇后への褒賞でもあるのだ。

「もらった塩の礼はしないといけないな。どんな高価な玉がいいか絹がいいか……お、もしかしてこの棚にあるの、褒美のための品じゃないのか？　香木——これは崖柏木《がいはくぼく》か。それに赤珊瑚《あかさんご》の佩玉《はいぎょく》に、銀の簪《かんざし》。さすが娘娘、用意が早い」

点青は顎《あご》をさすり、並べられた品々を吟味する。

しかし延明は鼻で笑い、立ちあがった。

「こんなもの」

老猫が喜ぶはずがないではないか。

＊＊＊

主人が留守の殿舎はとても静かでよい。

昭陽殿に残されたのは、才里や桃花をはじめとする数人の侍女たちだけだ。離宮から帝や妃嬪たちが帰ってくるのは二日後のことだから、それまで昼寝のし放題である。

と思っていたのに、

「桃花ちょっと起きなさい。またあんたったら着替えてもいない！　三日前とおんなじ衣装じゃないの！」

「……ちゃんと下着は替えてますので問題ありま——」

「そういう問題じゃないし顔も洗っていないわね？　もう、先日の夜警について報告書をつくるからって、迎えがきてるわよ！」

「なんでしょう、それは……？」

あれから夜警には参加していない。碧林の件に関してなら、何日も経っているのにいまさらではないだろうか。

面倒だなと思いながら立ちあがり、迎えにきていた宦官について歩く。

今日はいい天気だ。風も穏やかで空が青い。陽ざしはぽかぽかとしていて、なんて昼寝に良い日和だろう。そんなことを考えながら青緑色の長袍《ちょうほう》を視界の隅に入れつつ寝つつ歩いていたら、いつの間にか花園に足を踏み入れていた。

「こんにちは桃花さん、数日ぶりですね」

「……迷惑ですわ」

亭子《あずまや》で待ちかまえていた人物を目に留めるなり、呼びだされた理由を察して桃花は眉《まゆ》をハの字に下げた。

「わたくしはけっして皇后さまにとり入ろうとしたわけではないのです」

言うと、延明は怒るでもなく、「でしょうね」とただ微笑む。

「中宮娘娘《ニャンニャン》からはあなたに褒美を与えるよう言われ、そのための品もご用意いただいたのですが、ありがたく私の懐に入れさせていただきました。物が残るのは困るのでしょう？」

「ええ。万が一、その品のせいで皇后さまの間諜《かんちょう》だとでも疑われたら、わたくしののんびり昼寝生活はおしまいなのです」

「そうおっしゃるだろうと思いました。ですので、こちらを」

亭子の中には敷物が敷かれ、座卓の上にはまだ湯気のあがるできたての点心が並べられていた。

「これなら食べてしまえばなにも残らぬ消え物です。周囲は人払いをしてありますので心配いりません」

さあどうぞ、と勧められて席に着くと、皇后のお気に入りと名高い延明が手ずから茶を入れてくれた。澄んだ瑪瑙《めのう》色の茶から、豊かな大地の香りがたつ。妃嬪《ひひん》たちが口にするような高級茶だ。

用意されていた点心もまた、桃花程度の女官では口にできないようなものだ。蒸した餅《もち》にはなめらかに裏ごしされた芋の餡《あん》が入っており、蜜《みつ》と酒で戻した棗《なつめ》の乾果《カンクワ》が添えられている。珍しいのは、西域渡来の穀物粉を捏《こ》ねて揚げた菓子だ。

『物欲より睡眠欲』の桃花も、さすがにこれには頬が上気する。

「ありがとう存じます、いただきます」

「どうぞ心行くまで」

さっそく箸《はし》を手にした桃花に、延明は満足げな笑みを見せる。

その笑顔からは「ぐうたらといえば食う、寝るのふたつ。読みが当たったな」という本音が惜しげもなくもらされていたが、桃花は気にしない。まさにその通りだ。

「延明さまもどうぞ」

相席を進めると、延明はすこし驚いたようにしてから、おずおずと席に着く。予備の杯《さかずき》に今度は桃花の手で茶を注ぐと、ふと延明が問うてきた。

「確認ですが、あなたには出世したいという気持ちはないのですね？　梅婕妤《しょうよ》に帝《みかど》と出会わぬよう隠され、枕席《ちんせき》に侍《はべ》ることもなく、一生日陰の身でもよいと」

「かまいません、というよりもむしろ、わたくしはそれを望んでいるのですわ。婕妤さまはいずれ、皇子の冊封とともに封地へと移らねばなりません。その際にわたくしもこの後宮を連れ出していただいて、解放してくださるというお約束をいただいているのです」

「……なんとも辛抱強い」

婕妤の皇子、蒼は九つ。成人し、王として任地に冊封されるのは、まだまださきの話だ。

あるいは、さきに今上帝が崩御するか。皇太子が即位するとき、他の皇子たちは問答無用で冊封され、内廷に残ることは絶対にできないからだ。

どちらにせよ梅婕妤は太妃となり宮城を出ていかねばならないが、それにしたっていつになるやらわからない。それは、桃花とてわかっている。

「そこまで待っても、養女であるあなたには帰る場所などないでしょう。帝のお手がつけば、身籠《みごも》らずとも一生良い暮らしができますよ」

「帰る場所など、いくらでも。この世から遺体がなくなることはないのですもの」

延明は意味をはかりかねるといった、怪訝《けげん》な目をする。

「わたくしは検屍《けんし》官の娘です。ずっと祖父のように立派な検屍官となることを目標としていました。ですので、この宮城を出たのちは、遺体のもとへ。そのへんの適当な検屍官をみつくろってたらしこみ、妻にでも妾《めかけ》にでもなって現場に入らせていただくのですわ」

「は……」

言うと、延明は鳩が豆鉄砲を喰《く》らったような顔をしていたが、しばらくして、わずかに肩をゆらして笑い始めた。それは延明がはじめて見せた、胡散臭《うさんくさ》くない真実の表情であるように思えた。

「ふ……くくく、あはははは！　なるほど、そういう人生目標がおありでしたか、それは恐れ入りました」

「ご理解いただけて良かったですわ」

「しかし顔に墨をつけて歩くあなたが、男をたらしこむなどとは……！」

「いまはよいのですわ。ここに検屍官はおりませんもの。そのときになりましたら、きちんと顔くらい洗います」

「その頃には、顔の洗い方など忘れているやも知れませんよ」

やわらかなのに意地の悪い微笑みをねめつける。

「そこまでぐうたらではありません」

亭子の外では、梅の木のてっぺんで小さな鵐《ホオジロ》が胸を張ってさえずっている。穏やかな風とともに、ときおり紅白の花が散り零《こぼ》れた。

茶の香りを楽しみながら花園の花景色を眺めていた延明が、吐息のようにささやいた。

「——しかし、ほんとうによいのですか？　あなたはこのさき何年も昭陽殿に隠され、こうして自由に花見を楽しむこともできないのですよ」

「夜であれば、夜警を代わるなどして出歩くことができますわ」

「月明かりのもとでは、せいぜい白梅がぼんやりと見えるかどうかでは？　この鮮やかな紅梅などは、闇にまぎれて愛《め》でることもかなわないでしょう」

「それのなにがいけないのでしょう」

桃花はそっとまぶたを閉じた。

「むしろ、昼の花見はよろしくありません。だれもがみな、色鮮やかな紅梅にばかり目を惹《ひ》かれてしまう。しかし梅の真の良さとは、香りの高貴さではありませんか。昼に咲き誇る紅梅は色ばかりで、中身のともなわない空蟬《うつせみ》の美しさです。けれども夜ともなれば、白梅は月に輝き、みなその香りの雅《みやび》さと儚《はかな》い気高さに気づくことができるのですわ」

隣に座る延明から、はっと息をのむような気配がした。なにかを知ろうとするかのように、じっと桃花を見つめる気配も。

それからしばらく、無音の花見がつづく。きっと延明もその目を閉じ、梅の香りを楽しんでいるのだろうと桃花は思った。

第二章 冤罪のなる木

宮廷において、路門の内を内廷といい、外を外廷と呼ぶ。

路門はまたの名を禁門ともいい、これより内の内廷は、限られた者しか出入りの許されない帝《みかど》の生活空間——禁中となっている。

その禁中のもっとも外側にあるのが、帝が側近とともに政治の重要事項を決定するための朝堂である。


「おや、こんなところを騾馬《らば》が歩いている」

聞こえよがしの嘲笑《ちょうしょう》に、禁門をぬけて外廷へと出ようとしていた孫延明《そんえんめい》は足を止めた。

正面からやってきたのは、寵妃《ちょうひ》である梅婕妤《ばいしょうよ》の父たちだ。今日の朝議はとうに終えていたが、どうやら個人的に帝への燕見《えんけん》の時間を得たらしい。

延明は体を隅へとよけて、深々とした礼をささげる。

「家畜のなんと臭うことか」

「ほんとうに、一里さきでも騾馬は臭う」

過ぎざま、梅婕妤の父らが袖《そで》で鼻を覆った。恥辱に指先が冷たくなる。

騾馬とは宦官《かんがん》の数ある蔑称《べっしょう》のひとつだ。よく働くので重宝される家畜だが、生殖能力を持たない。だれが言いだしたのかは知らないが、うまいことを言ったものだと苦々しく思う。たしかに宦官そのものだ。

——……耐えろ。

延明は奥歯をかみしめた。内廷を出てしまえば、このような嘲笑は日常茶飯事だった。なにせ『欠けた者』は人ではない。なかでも子孫繁栄という最も尊い徳を捨てた宦官は、家畜とひとしい存在なのだ。

「儂《わし》なら、生きてはいられぬな。腐刑よりも死を選ぶ」

——だろうとも。

袍《ほう》の袖で顔を隠すようにしながら、延明は昏《くら》い目で彼らを見た。

「なあ、利伯」

最後尾を歩いていた次男が、足を止めて延明に声をかけた。

「満足か？」

答えない延明に、さらににやりと笑って問いを重ねる。

「家畜に身を落としてまで生きながらえて、満足か？　ああ、いや、身分はとりもどしたのだったか。しかしそれでもおまえが宦官であることにかわりはないな」

延明はただただ、袖のうちに表情をうずめる。

「満足なのだろうな。なにせ男でなくなったおまえは、どの重臣よりも深く禁中に侍《はべ》ることができるのだから」

足音が遠ざかる。彼らが十分離れてから、延明はふたたび歩き出した。

「ひどい顔をしているぞ」

間近からかけられた声にハッとした。気がつけば、いつのまにか目的の場所へとたどりついていた。

宮廷にありながら宮廷の外とされる宮――太子がくらす東宮、その院子《にわ》である。

「殿下」

あわてて数歩下がり、膝《ひざ》をついて深々と礼をささげる。気遣わしげに延明の顔をのぞきこんでいたのは壮健な青年。東宮の主《あるじ》である太子だった。

「堅苦しくせずともいい。まずは茶でも飲まないか？　しかしなぜ、いつもその服でくるのか。もう宦官でいる必要はないのだぞ」

太子はあきれたように延明の衣服をながめた。青緑色をした、宦官特有の長袍だ。

「いいえ、身分をとりもどそうとも、欠けた者にかわりはありません」

「強情だな、利伯《りはく》」

「……いまは延明と」

「名ももとに戻せばよいであろうに。父君らもそれを望んでいよう」

どうだろうか、と延明は思う。

太子の太傅《せんせい》であった父は、まっすぐで誇り高い男だった。もし死者が口をきけるのなら、現在の息子を見てなんと言うだろう？

――名を戻せなどとは、決して口にしないだろうな。

なにせ祖父が濡《ぬ》れ衣《ぎぬ》を着せられ罪に落とされたとき、なにを申し立てるまでもなく自死を選んだ男だ。祖父もおなじく、縄につくまえに自死を選んだ。

ひどく苦い思いが湧く。延明は、祖父や父のようにはなれなかった。

祖父の罪により連座で捕らえられた際、延明がしたことといえば、冤罪であると叫びつづけることだけだった。

愚かだったといまは思う。

真実を叫んで死ぬことが正しいのだと信じていたのだ。それが名誉と誇りを守ることだと信じて疑わなかった。

まさか、ぎりぎりで死を免じられるなどとは夢にも思わなかった。友が――太子が、延明の助命を帝に嘆願したのだ。

延明のあずかり知らぬところでそれは聞き入れられ、延明は死罪を減じて腐刑――性を切りとられての宮仕えの身となった。

「このままの方が殿下にも、そして娘娘《ニャンニャン》にもお役にたてるかと存じますゆえ」

延明は、いまやすっかり仮面のように貼りついた微笑みで揖手《ゆうしゅ》した。太子は困ったように笑う。

「それを否定できぬとわかって口にしているな？　底意地が悪い」

「そうでなくては伏魔殿で生き延びてはおれません」

「母上のもとで働いて三年目になるか。愚直ともいえるほどに真面目であったおまえがずいぶんともまれ、したたかになったようだな」

太子はどこか満足げに言い、場所を室内へとうつした。

書物を好む太子の居室は昔と変わらずに質素で、典籍と墨のにおいが香に勝っているようだった。

「友と飲む茶が一番うまいな」

「この私をまだ友と呼んでくださいますか」

「なにを言う。これまでも、これからも変わることはないぞ。ほんとうならば、いますぐにでも手もとに戻したいくらいだ」

ありがたく茶のお相伴をしながら、延明はそっと視線を下げる。

――友、か……。

延明はときどき、自分がこの太子を友として慕っているのか、それとも憎んでいるのかがわからなくなる。

少なくとも友に——太子に「生きよ」と言われたあのときから、延明のなかで友という言葉の意味は変わってしまったのだ。

生きよとは、祈りでもなく懇願でもなく、ただ逃れることのできない命令であった。

「ところで」と茶をのみ干してから、太子は問うた。「覚えているか？　病児《へいじ》という宦官のことだが」

延明は、胸のなかで嵐のような感情がどっと吹き荒れるのを感じた。胃の奥が燃えるように熱くなる。

「……ええ。覚えておりますとも」

その名を忘れる日など、こようはずがない。

病児は延明が腐刑を受けた際に、蚕室で働いていた宦官だった。

術後、満足に身動きのできない延明に対し、宦官がいかにおぞましく底辺の生き物であるかを身をもって知らしめた相手でもある。

「彼が、なにか？」

声が震えぬよう、唾《つば》をゆっくり飲んでのどを湿らせてから問い返す。なにを言われるのかと身構えた延明だったが、太子が発したのは意外な一言だった。

「死んだ。それも殺されたそうだ」

なんだ、と拍子抜けした。宦官が殺されたということは内廷での事件なので、決して喜ばしいことではないが、殺されて当然だという思いがあった。病児は多くの宦官を蚕室から送りだし、そしてその前後には多くの屈辱的な凌辱《りょうじょく》をくわえていた人物だ。買った怨《うら》みはひとつやふたつではきかないだろう。

「それはそれは」

「殺したのは、甘甘《かんかん》という宦官だそうだ」

その名にこそ、延明は驚愕《きょうがく》した。

＊＊＊

「あ」

後宮において最高の地位にある女主人を前にして、桃花《とうか》はもっともその場にそぐわない、まぬけな声を上げた。

視線の先にあるのは、裾《すそ》からのぞいている自分のつま先――が踏んづけている、絹の披帛《ひはく》だ。

もちろん自分のものであるはずがなく、天女の羽衣のごとくひらひらと長い絹は、驚いてふり向いた梅婕妤《しょうよ》の肩へとつづいている。

院子で散策をしていた婕妤につき従っていたはずが、歩きながらうとうとしていたらしい。風でながれてきた披帛に気がつかず踏んでしまった。

とんでもない失敗に、サッと血の気が引く。梅婕妤はなにもなければ特に問題のある主人ではないが、不快を覚えたことには一切の容赦がない。先日も、輿《こし》を担いでいた宦官《かんがん》が躓《つまず》いたせいで揺れたとして、笞《むち》打ちにされたばかりだった。

「婕妤さま！」

梅婕妤がなにかを言うより早く、動いたのは才里《さいり》だった。

硬直している桃花を突き飛ばしたかと思うと、そのまま披帛のはしを拾いあげ、婕妤の肩から巻きとってしまう。

「さ、才里？」

「婕妤さま、これで大丈夫でございます！」

あっけにとられている婕妤に、才里は深く頭をさげる。

「臭いの強い虫が披帛にとまっておりましたが、もうご安心ください。桃花が退治いたしました。こちらは臭いがついているといけませんから、新しいものをすぐにお持ちいたします」

桃花がぽかんとしていると、才里は「ほら、ちゃんととどめを刺しなさい！」と叱《しっ》責《せき》して、桃花の足もとあたりの地面をぐりぐりと踏みにじった。もちろん、虫などどこにも存在しない。

　ささっと土をかけてごまかしたあと、才里は桃花の手を引いてその場を後にした。

「ばかばかぁんたはほんっとにばか！　歩きながら居眠りをする女官がどこにいるの！　あ、先に言っておくけど、ここにいるとか言ったらもっと怒るから。下手したら獄行きだったの、あんたちゃんとわかってる⁉」

　婕妤にあらたな披帛をまとわせ、その装いをほめちぎったところで、来客があった。おなじく一区に住まう呂《りょ》美人と、八区からやってきた張傛華《ちょうようか》だ。張は姓、傛華の位は美人よりもひとつ階級が上の妃嬪《ひひん》になる。これからみんなで池に舟を浮かべて遊ぶらしい。

　婕妤をのせた輿を先頭に、供をぞろぞろとひきつれて垂花門《すいかもん》を出て行くのを見送りながら、才里は眉《まゆ》をつり上げて怒っていた。

「あの、ありがとうございました。おかげで助かりました……けれども」

「けれども⁉」

「先ほどのは才里だって危なかったのではありませんか？　感謝はしていますけれども、今度なにかあったときには見捨ててくださって結構ですわ」

「はあ？」

「わたくしの不注意に、無関係な才里を巻きこむわけにはいきませんもの」

「あんたねえ……」

ふうっと息を吐いたかと思うと、才里はさらに桃花をねめつけた。

「ほんっとばかね。なに水臭いこと言ってんのよ。あたしとあんたの仲じゃない。あ、先に言っておくけど、どんな仲？　とか聞いたりしたら史上最大級に怒るからやめてね」

先回りして釘《くぎ》を刺されて、桃花は黙った。こういうとき、なんと返したら正解なのかが桃花にはわからない。しかも安堵《あんど》したせいか、再び強烈な睡魔が襲ってきていた。

「――あ、ちょっと、見て見て」

ぼんやりとする桃花のわき腹をひじでつついて、才里が垂花門をしめす。

妃嬪三人のなかでは一番位の低い呂美人の輿が出てゆくところで、その最後尾にいた女官がひとり立ち止まり、植栽のほうをふり向いていた。

麗人揃いといわれる呂美人の女官のなかでも、ひときわ人気のある人物だった。すらりと背が高く、中性的な顔立ちをしている。

彼女がどうかしたのかと思っていると、植栽の陰からもうひとり、女官がそろりと出てきた。

「きゃあ、ちょっと隠れて！　あれ張傛華のところの女官だわ！」

なぜ隠れる必要が、と思いつつ、才里に押しこまれるようにして柱の陰に隠れた。

「きっと告白よ！　やっぱりそう！……あぁだめだめ、呂美人に気づかれちゃってるじゃないの下手くそ」

どうでもいいなと思っているあいだに、告白劇はさっそく終わったらしい。

桃花は寝ぼけまなこをこすりつつ、才里を置いて耳房《こべや》に戻った。言いつけられている香袋《かおりぶくろ》をさっさと仕上げてしまわなくては。手早く終わらせて、几《つくえ》に突っ伏してうとうとしたい。

「はぁもう、なんたる体たらくなの、さっきの女官！　ほら桃花、お茶いれてきたわよ、いっしょに作業しましょ」

そうだろうと思っていたが、すぐに才里がやってきた。

「あーダメよ桃花、几に墨がついてるじゃないの。生地が汚れちゃうわ。今夜の宴《うたげ》にもつけていく香袋なんだから、怒られるなんてもんじゃすまないわよ」

「もう乾いていますから大丈夫ですわ」

「ほんっとにずぼらなんだから、もう！」

才里はぷりぷり怒りつつ、きれいに拭《ふ》きあげてくれた。それから周りに散らかっていた書きつけ用の木簡なども片づけてくれる。几の下にころがっていたごみを拾いあげたところで、あら、と声をあげた。

「こんなところに梅の枝が。しかもなにこれ、帛《きぬ》が結んである」

「なんでしょう、それは」

いろいろと散らかす桃花だが、それには覚えがなかった。梅の枝にはまだ白梅の花がついており、かすかな芳香があった。

「帛に文字が書いてある。文だわ……なになに、『月華のもとで桃待つ。叶《かな》わぬのならせめて、だれもが喜ぶ贈り物をあなたに』ですってぇ！　これってもしかして恋文じゃないの!?」

「…………」

きゃあきゃあとはしゃぐ才里とは対照的に、桃花はすっと表情を凍らせた。

「厨《くりや》で火にくべてしまいましょう」

「えーなに、相手の片想い？」

「ちがいます」

「その様子だと、差出人がだれだかは知ってるみたいね。まだ花も萎《しお》れてないところをみると、呂美人か張傛華のところの女官、もしくは宦官ってところでしょうけど」

本気でかまどへと向かう桃花のあとを、楽しげに才里がついてくる。

厨につくなり、かまどに枝と文をくべた。よく燃えるようにふいごで空気を送る桃花の肩を、才里がぽんと叩《たた》く。

「桃花、恋の相手は男がいいだなんて、選《え》り好みなんてしていたらだめよ？　言わずもがなだけど、ここに男はたったひとりしかいないんだから。あたしはそうねぇ、女官よりはどっちかっていうと宦官のほうがいいけども。とくに皇后さまのとこの宦官たちが一番素敵だわ。ほら、貞が多いじゃない」

宦官にも通貞と貞があり、幼いころに施術をうけたものを通貞といい、大人になってから腐刑などで浄身となったものを貞という。成人後に宦官となった貞は通貞とちがい、骨格など外観の男らしさを残しているのが特徴だ。

「延明さまもそうだし、あの青い目の宦官も素敵だわ」

おしゃべり好きの才里は、延明という名前に桃花が一瞬眉をひそめたことに気がつかなかった。

「……そうですか」

「あ、でもほら、さっきの告白されてた呂美人のとこの女官はけっこう素敵だと思うわ。ええと、たしか司馬《しば》さん、だったかしら。竹のような美男女子ってかんじ！」

「ずいぶんお疲れ気味の竹でしたね」

遠目だったが、あまり元気がないように思えた。

そりゃあそうでしょと才里はうなずく。

「気疲れもするわよ。歩けばさっきみたいに告白されるし、そのたびに呂美人のご機嫌は悪くなるし。知ってた？　司馬さんと呂美人は恋仲なのよ」

へぇ、と気のない返事をしながら、文が完全に燃えたことを確認した。他人の色恋沙汰《ざた》がなにより大好物な才里は、そんな桃花を気にもしないで話をつづける。

「腕を組んだり、頬を染めて見つめあっている姿を見たって女官がいるのよ。夜にはふたりがこもる臥室《しんしつ》からもれる、あられもない声を聴いたって話もあるくらいだし。うわさだけど」

「ああ、だから呂美人は帝《みかど》の寵《ちょう》に興味がないのですね」

呂美人は入宮の日に帝の閨《ねや》に侍《はべ》って以来、僥倖《ぎょうこう》を得ていない。積極的に帝を呼び寄せようと金子《きんす》を動かすこともしていないし、それどころか梅婕妤《しょうよ》に頼んで、帝となるべく縁を持たないようにしてもらっていた。

「そういうこと。寵を競う花もあれば、睦《むつ》みあう花もありってね」

眠いなと思いながら、桃花は針仕事に戻る。

才里は作業を再開する前に、もう一度だけ几の下を確認した。

「そんないくつもありませんわ。あったら怒ります」

「なんで怒るのよ。あたし応援するわ。今夜、皇后さま主催の夜宴のあいだ、こっそり行ってきなさいよ。月のもとでの逢瀬《おうせ》なんて素敵じゃない」

桃花は、あれはそもそも恋文じゃないだとか、言いたいことはたくさんあったが、大きなあくびとひきかえに口に出すのをあきらめた。

＊＊＊

その夜、いまにも消えそうなほど心許《こころもと》ない小さな手燭《てしょく》の明かりひとつをたずさえて、呼び出しに応じた女官はやってきた。

開口一番に「迷惑ですわ」が飛び出すかと思ったが、表情を闇に溶かしたまま、なにも言わない。

「文を理解していただけたようで安心しました。きてくださり感謝します」

延明は後宮内にできたばかりの伝手《つて》を使って、桃花の房《へや》に文を届けさせた。月華とは、桃花が『月のもとでこそ』と言っていた白梅のこと。文を結んだのも白梅だ。聡《さと》い桃花ならばすぐに差しだし人が延明であり、ともに梅を愛《め》でた花園へ誘っているのだと理解すると思っていた。

「……形ばかりの感謝など意味がありませんわ。あれは脅迫でしたもの。『だれもが喜ぶ贈り物』など、差しだし人があなただとわかれば、金子のたぐいではないことくらい、察しがつきます」

「皆さんほんとうに喜ぶのですよ。だからこそ僥倖と呼ぶのです、帝の枕席《ちんせき》に侍ることを」

「先日申しました通り、わたくしは喜びません」

「わかっています。しかしこうして強引に呼びだしてでも、私はあなたと会って話がしたかった。じつは、今夜の夜宴も中宮娘娘《ニャンニャン》にご協力いただいたものなのです。あなたが殿舎を抜けだしやすいようにと」

「……それで、ご用件はなんなのでしょう。手短かにお教えください」

桃花が息をはく。

延明は前回とおなじ亭子《あずまや》で桃花を座らせてから、あなたの知恵を借りたいのだと打ち明けた。

「私の恩人が殺人の疑いで捕らえられています。しかし私には、どうしても彼がやったとは思えないのです」

先日、帝や妃嬪《ひひん》らが離宮へと出かけているあいだのこと。

後宮で働く宦官《かんがん》で留守居となった者たちの一部が集まり、飲食をしつつわずかな酒を分けあい、たしなんでいたなかで、それは起きた。

後宮内で妃嬪や女官をつかさどる掖廷令《えきていれい》の職を拝命する甘甘と、その補佐のひとりである病児とが口論となったのだ。同席していた宦官たちの証言によれば、きっかけは病児にあったのだという。

「病児が、私を侮辱するようなことを口にしたのだと……それを甘甘殿が咎《とが》めたのだということでした」

苦々しい思いで、延明は口にした。

「しかし酒が過ぎていたのか、病児がくってかかったことで口論になり、さらに病児が甘甘殿まで侮辱したことから、ついに耐えかねた甘甘殿が病児を殴ってしまったのだ、ということのようです」

「それで打ち所が悪く？」

「いえ、その場はそれでおさまったようです。ただ、まだつづきがありまして――」

事件を知る宦官らの証言を集めた事件の調査書によれば、翌日、病児がふらふらと弱った足どりで同僚らのもとを訪れ、こう訴えたとある。

『寝る前になり、甘甘があらためて自分のもとを訪れた。怒りのおさまっていなかった甘甘は自分に対し、執拗《しつよう》な暴力におよんだ』

と。

おどろいた同僚が病児の体を調べると、体中にひどい打撲痕《こん》がはっきりとのこっていた。あまりにも痛ましいその様子に、同僚らはその日の仕事は休んだほうがいいとすすめたのだという。

ところがさらに翌朝、彼の部屋へと様子を見に行くと、病児はすでに亡くなっていた……。

「死体検案書には十数か所にもおよぶひどい打撲痕の記録と、そのうちの下腹部、側頭部などの急所に受けた傷が致命傷と認められると書かれていました。身体の左側に損傷が多く、これは右利きの人物による殴打痕として自然である、とも」

　手足からの攻撃によって重傷をうけ、被害者が十日以内に亡くなった場合、これは殺人をもって裁かれる。よって、病児を殴打した掖廷令・甘甘は殺人罪にて逮捕された。

「では、一件落着ですわ」

　眠たげに桃花が言う。しかもその口調はひどくそっけない。

　脅しをかけて呼びだしたのだから、延明とて怒りを買う覚悟はしていた。だが、それでも協力はしてもらわなくてはならない。甘甘は恩人で、延明は彼の無実を信じている。

「ええ。たしかに複数の証言のもと、彼は逮捕されました。証言をした宦官には上司である甘甘殿を慕う者も多く、それゆえに証言の信ぴょう性は確保されているとも見られています。しかし彼は、甘甘殿は、やっていないと無実を訴えているのです」

「…………」

「恥ずかしながら、私にも覚えがあります。有名な話ですのでご存じでしょうが、私もかつて冤罪《えんざい》で捕らわれ、獄のなかで無実を叫んだ身です。しかし当時、だれも私の言葉に耳をかたむける者はおらず、蚕室へと送られました」

わずかな明かりのなかで、桃花の表情が揺らいだのを延明は見逃さなかった。

作戦通りだ。〝無冤術《むえんじゅつ》〟などと誇らしげに語った桃花なら、こういった話を無下にはできないだろうと踏んでいた。

「……冤罪であると認められたのは、すでに罰を下されたあとでした。しかし、だからどうだというのでしょう。私の体は二度ともとには戻らない。甘甘殿の場合、このままでは下される刑は梟首《さらしくび》です。たとえのちに無罪とされようとも、死者は二度と生きかえることはありません」

過去を思い出すと、息が苦しくなる。

戻らないのは欠けた体だけではない。孫利伯という人間も、もはやこの世には帰ってこない。蚕室で刑を下されたのち、あの病児から受けた数々の凌辱《りょうじょく》によって、利伯という人間の魂は粉々に砕かれたのだ。

延明は呼吸の乱れを悟られぬよう、『妖狐《ようこ》の微笑み』で息を整えながら、かすかに震える指先をきゅっとにぎりこむ。

あのとき、壊れかけた延明を助け出してくれたのが甘甘だった。

彼が延明を病児のもとからとりあげて手もとにかくまい、ひとりの人間として尊厳を持って接してくれた。

いまここで恩人である甘甘を見捨てることは、己に残された最後の尊厳すらも捨てる行為になる。

「どうかおねがいします。検屍《けんし》が冤罪をなくすすべであるというのなら、どうか私に力を、無実を訴える者に力を貸してください！」

膝立《ひざだ》ちになり揖礼《ゆうれい》し、そのまま額《ぬか》ずくように深く深く頭をさげる。

「……わかりました」

観念したように言って、桃花は延明の身を起こさせた。

それから手をとり、血がにじむほどににぎりこんだ指を、ゆっくりと開かせる。

「協力いたしますから」

「ありが――」

礼を言おうとした延明の口を、桃花の人さし指がそっとふさぐ。

驚きに固まる延明に、桃花はただ慈母のような表情でわずかに首を振る。

「礼はよしてくださいませ。延明さまはもう、なにもかもを差し出したではありませんか。十分すぎるほどですわ。膝もそう簡単に折ってはいけません。男児膝下有黄金《男の膝には黄金の価値がある》と申しますでしょう」

「桃花さん……」

「わたくしの持つ検屍の知識すべてをもって、協力いたします。ただし、延明さまにも多少危険な橋は渡っていただきますわ」

深夜。梅婕妤の昭陽殿《しょうようでん》からひとりの女官が暴室へと送られ、隔離された。

発熱と発疹《はっしん》。伝染病の疑いである。

＊＊＊

「お連れしました」と、小間使いの童子たちに案内されてきた官奴《かんど》を迎えたのは、延明と、そして長官であった甘甘を慕う掖廷官たちだった。

官奴は麻の粗末な袍《ほう》に幅広の頭巾《ずきん》といういでたち。それを微妙な気持ちで上から下まで眺めてから、延明は彼女を案内した。

「こちらが宮中の罪人を捕らえるための掖廷獄です。西側が獄舎、中央が官舎、東に離れて建つのが死体検案室のある慰安舎。それらに囲まれた院子はまぁ、青空拷問所とでもいいましょうか」

「お願いしていた物はご用意いただけましたか？」

「ええ、慰安舎のなかに。病児の遺体もすでに運びこんであります」

「なかは、いけません」

きっぱりとした口調の彼女に、延明は困惑した。

「桃花さん？」

「いまは桃花ではなく桃李《とうり》です。『さん』もいりません」

そう小声で言ってから、桃花はきっぱりと口にした。

「今日はうす曇りですから、室内ではなく屋外で行います」

「外ですって？」

延明だけでなく、協力のために集まった掖廷官たちも戸惑いをあらわにする。

「それはつまり、数日も前に亡くなった死体を白日のもとにさらす……と」

「当然さらします。検屍ですもの」

官奴の格好をした桃花は、まるで別人のようだった。延明の知る姫桃花という女官はつねに眠そうでいて、ぼんやりとした表情のぐうたら女官だ。顔に墨がついていたり、結い髪がぼさぼさと乱れていたり、侍女としてはだらしがないという印象も強い。

しかしいま、侍女の装いよりもずっと汚く貧しい衣服であるというのに、むしろ凛《りん》然《ぜん》とした気品と風格すら感じていた。

「……わかりました。では、そのように」

うす曇りの空のもと、準備はすばやく行われた。

置かれた長几《ながつくえ》に並ぶのは、桶《おけ》に汲《く》んだ水、豆科の植物であるサイカチ、温めた酒粕《さけかす》と酢、米ともち米を蒸したもの、家鴨《あひる》の卵、綿、ごま油、生姜《しょうが》、布帛《ふはく》、銀の簪《かんざし》に銅の簪。――これらは桃花が用意するように言ったもので、いったいなににどう使うのか延明にはさっぱりわからない。

それから、覆いで隠された遺体が戸板にのせて運び出された。魚が腐ったような腥《なまぐさ》い臭気がただよい、延明らは思わず鼻を覆って数歩を下がる。

反対に進み出たのは桃花ひとりだけだった。

「臭気を恐れては検屍はできません。みなさんは覚悟の上で集まったのではないのですか」

厳しく言い、それから几上《きじょう》を指さす。

「しかしどうしても臭気が気になる者は、鼻にごま油をぬるとよいです。それでもつらい者は生姜片を口のなかに。延明さまは記録をお願いします」

でははじめます、と宣言し、桃花は病児の遺体の前に膝をついた。

覆いを外された瞬間、延明はごくりと息をのむ。死後数日の経つ遺体は軽度の腐敗をはじめており、皮膚はすっかり青っぽく変色していた。その異様な色をした体中に、いくつもの打撲傷がはっきりと残っている。

三十代、浄身、と裸で横たわる遺体を桃花は確認する。

「この者が、掖廷官の病児という人物にまちがいはありませんね？」

「ええ……」

「すでに衣服はとり払われていますが、発見時の衣服というのは？」

「いつもの寝るときの格好で、肌着でした。必要ならばお持ちします」

第一発見者だという病児の同僚が答える。

「持ってくる必要はありません。延明さまはあとで衣服と発見場所についても詳細に記入しておいてください」

それから桃花はためらうことなく遺体に触れ、時に動かしてみたりしながら後頭部、頭のてっぺん、頭髪内を検査した。さらにじっくりと時間をかけて仔細《しさい》に眼、歯、舌、鼻、そして驚くべきことに浄身をうけた股間《こかん》の古い傷痕《きずあと》や、さらには肛門《こうもん》までも入念に調べてゆく。

そのたびに延明は、髪の長さ、目のひらき具合、口の開き具合、歯完全、舌完全、くちびるにひび割れあり、五指完全、肛門内に異物なし、と桃花の読み上げどおりに木簡へと書きつけた。

「桃李、その打撲傷はひとつひとつ記入しなくてもよいのですか？　前回の死体検案書のほうにはそれぞれ寸法や形、色まで詳細がかかれているのですが」

「必要ありません」

「あの、検屍官」

不安や畏怖《いふ》をにじませながら見守っていた掖廷官のひとりが、たまらずに口を挟んだ。延明とおなじように、かつて病児から甘甘に守ってもらった宦官《かんがん》だ。

「どうですか？　なにか遺体に不自然なところなどは」

「不自然とは、たとえばどういったことでしょう？」

「掖廷令がやったのではないと証明できるようなものです。昔、みずからの体を棒で殴って自傷し、相手にやられたのだと糾弾して気に入らぬ相手を罪におとしいれた者がいた、と、そういう記録が掖廷にありました」

それはあり得るぞ、と何人かが同意をしめす。

「病児はクズだ。まじめでお優しい掖廷令とはずいぶん反目していた！　酒の席でのケンカだって、あれは病児が執拗《しつよう》に挑発していたんだ！」

「ふむ、そうですね。人目のあるところで殴らせ目撃証言をつくり、その後さんざん自傷して、甘甘殿にボコボコにされたと吹聴《ふいちょう》する。そうして甘甘殿を闘殴罪《とうおうざい》におとしめようとした――。いかにも病児ならやりそうな話です。いかがですか、桃李」

これは延明もすでに考えていたことだ。人を殴れば闘殴罪となるが、はじめに起きた酒の席でのケンカは病児の執拗な挑発によるものなので、罪を免じられる可能性が高い。

しかしその後自傷し、夜にふたたび訪ねてきた甘甘がやったのだと言えば、その悪質性から確実に罪に問われることになる。実際、甘甘は「夜にあらためて病児のもとを訪ねたという事実はない」と訴えている。

　甘甘が罪人となれば掖廷令の職務を解かれ、目のうえのたんこぶはいなくなり、その補佐であった病児には昇進の道も見えてくるのだから、可能性は高い。

――病児の誤算は、やりすぎて死に至ってしまったということか……。

　しかし、桃花はそれをきっぱりと否定した。

「この痕《あと》は、棒など硬い物による殴打傷ではありえません。他物による殴打であれば斜めに、あるいは横に長い形となります。しかしこれらは拳《こぶし》状に四角、あるいは円くなっています。他物の凹凸も見当たりません」

「じゃ、じゃあ己の拳で叩《たた》いたのかも……」

「記録によれば病児さんの利き手は右ですね？　己の手で殴るとなると身体の打撲傷は中央、あるいは右側腹部から右腰部、右大腿部《だいたいぶ》に集中するはずですが、実際には逆となっています」

　たしかに打撲傷は左側に集中していた。

「なにより、死に至るほどに己を殴傷するというのは、非常に難しいことです」

「……では、掖廷令《えきていれい》ではないだれかが共謀するかなにかをして、病児を殴り、病児はそれを掖廷令のしわざだと――」

　言い募ろうとする宦官を、桃花は手で制した。

「話はあとで。時間が惜しいですので、つぎの作業に入ります」

言うなり、桃花は蒸した米ともち米に卵白を混ぜて団子をつくり、遺体の口をこじ開けたかと思うと、やにわに歯の外側につめこんだ。

周囲が絶句するなか、今度は銀の簪を手にとると、それをサイカチで洗い、のど奥深くに挿入する。鼻、耳、肛門を綿でふさぎ、口を布帛で密封した。

それから温かい酢を病児の上半身にふりかけ、酒粕で覆う。布帛を体全体にかけ、そのうえにも熱した酒粕を敷く。延明はあ然としてそれを見ていた。

「こうしてすこし置きます」

「それはいったいなにを……？」

「この遺体の死因を調べているのです。このかたの死は、殴打によるものではないと思われるからです」

延明は身を乗り出した。

「では、甘甘殿の無実が証明できると」

「検屍《けんし》とは、遺体に残る事実をつまびらかにするものです。それが延明さまの求める事実とおなじかどうかはわかりませんが、少なくとも、はじめに行われた検屍が不十分であったことは証明できるかと存じます」

おお、と掖廷官たちから感嘆があがった。

「というわけで、すこし寝ます。遺体には必ず複数人で見張りを」

「え、ちょっと待ってください桃李。寝るって……いまここでですか⁉」

「……昨夜は脅迫されたうえに暴室に行ったりなんだりとあわただしかったもので、眠気がもう……むりですわ」

遺体の近くで伏して寝息をたてはじめる桃花に、延明は狼狽《ろうばい》した。流行《はや》り病の恐れとして暴室に隔離させ、そこから身代わりを置き官奴《かんど》として連れ出したはいいが、これでも一応女官なのである。しかも延明をのぞけば、ここに集う掖廷官たちよりもよほど位が高い。

「お、起きてください！　あなたをこんなところで寝かせるわけには」

「……わたくしも見張りのひとりなのですわ。たぶん……」

「ちょ、ちょっと桃李⁉　待って、すこしとはどのくらいなのです？　というかせめて官舎のなかで――ってきいてますか？　桃李、桃李っ！」

しかしどんなに声をかけても、桃花は気持ちよさそうに寝息を立てるだけだった。

桃花が起きたのは、それから一時（二時間）ほどが過ぎたころだ。

もうそろそろよいでしょう、とまぶたをこすりながら起きあがったのを、ほとほと疲れ切った顔で延明は迎えた。

いくらぐうたらで顔もろくに洗わないような女官で、いまは麻の貧しい身なりをしていようとも、桃花はやはり花のように愛らしい顔立ちをしているのだ。あまりに無防備に寝るものだから、協力のために集ってくれていた掖廷官たちが興味をしめしはじめて大変だった。

延明は、桃花に近づき顔をしげしげと眺めようとする官に事件の調査資料を持ってくるよう命じ、桃花にさりげなく触れようとする官には病児の自室の詳細を記録してくるよう命じ、桃花が官奴として普段どこで働いているのかなどをきき出そうとしてくる官には延明の着替えを持ってくるように命じるなどして、逐一追い払った。

ほんとうはすこしでも臭気のとどかないところへ行って休みたかったのだが、おかげでずっと遺体と桃花を見張っているはめになってしまった。

――まったく、宦官をなんだと思っているのか……。

宦官は性を切りとられているとはいえ、それで男のすべてを失ったわけではない。女への興味もあるし、とくに貞には性欲だって残っているのだ。発散できない分、それはひどく歪《ゆが》み、ときには昏《くら》い執着となることも少なくない。

それをこうも平然として寝顔をさらすのだから、この娘はどうかしている。

――所詮《しょせん》、宦官など人ではないとでも思っているのか。

屈辱に歯《は》噛《が》みした。けれど、ふと思い出した言葉で、それもすぐに和らぐ。

『男の膝《ひざ》には黄金の価値があると申しますでしょう』

あれはたしかに延明を男子としてあつかった言葉だった。そればかりか、糞尿《ふんにょう》にまみれても膝をつくものと思われている宦官を、ひとりの人間としてあつかった言葉ではなかっただろうか。

「どうかなさいましたか、延明さま？」

「いえ、なんでも」

「では水をたくさん用意してくださいませ」

延明は官舎で休ませていた掖廷官たちを呼び寄せ、それぞれ桶《おけ》に水を汲《く》んでこさせる。桃花はその水で遺体の酒粕《さけかす》などをていねいに洗い落とした。

「――これでなにがわかるのですか？」

「まず、この打撲傷ですが、これはまったくのニセモノなのです」

「え！」

「自傷などの方法でもなく、打たれた傷ではありません」

桃花は致命傷とされた下腹部と側頭部の打撲傷を、指でかるく押してみせる。

「このように触れればわかりますが、傷が軟らかい。ほんとうの打撲傷であれば血液がなかで固まりますので、硬くなるのです」

「では、顔料かなにかで色をぬったものだと？」

「いいえ。さすがにそれでは検屍の際にすぐに判明してしまうでしょう。これは櫸《カワ》柳《ヤナギ》による偽装ですわ」

それは行李《こうり》を編むのに使う柳だろうか、と延明は目を丸くする。

「南方に住む民がよく強請《ゆす》りなどに使う手です。櫸柳の皮を湿布すると、こういった棍棒《こんぼう》や拳で殴ったような打撲傷をつくることができます。いまは刃物がないので詳細は確認できませんが、これは傷痕《きずあと》のなかを見れば一目瞭然《いちもくりょうぜん》となります。内部がただれて黒ずんでいるでしょうから」

驚いたような沈黙がおり、それから、「では、やはり自作自演だったのだ」という声が上がる。

「というわけですので、これはニセの傷です。すると他に死因があるはずですが、体には他に外傷がありません。病死、卒中などによる突然死とも遺体の状態が異なります。ですので、いま調べているのが口の中なのです」

「口……毒ですか」

延明が言うと同時に、桃花は遺体の口をこじ開けて銀の簪《かんざし》を引きぬいた。それから矯《た》めつ眇《すが》めつ、よくたしかめる。

「――銀に変色なし」

期待をもって見守っていた官たちが落胆の息をつく。毒ならば、銀が変色して黒くなるはずだ。

だが、これに桃花が「まだです」と答えた。

歯の外側に押しこめていた団子をとりだし、合器《いれもの》に入れる。白かった団子はすっかり黒ずみ、ひどい悪臭を放っていた。

「体を酒粕などで暖め、膨張させて体内の腐汁を出させました。この団子にはそれがしみこんでいます。もう色でも分かるのですが、これを動物に食べさせれば確実に毒だと判明することと思います」

＊＊＊

「欅柳の皮か。そんなもので殴傷の偽造が容易にできてしまうとは、問題だな。冤罪《えんざい》がつくり放題ではないか」

「ええ。ですので、欅柳を南方の検屍官は『冤罪のなる木』と呼ぶのだそうです」

東宮、その冊書《さくしょ》や巻子《かんす》に囲まれながらの軽食に給事しながら、延明は太子に説明した。

「そして最も大きな問題は、こういった検屍《けんし》の知識が検屍官において共有されているわけではないというところです。そればかりか、多くの検屍官が臭気を恐れ、嫌い、死体を調べるというこの重要な作業を下僕にまかせている、というのが現状のようです。あるいは、地方ではそもそも検屍すら行われないこともあるようで」

「甘甘は幸運であったな。おまえのように有能な友がいて」

「有能であったのは私ではなく、私の知る検屍官です。それに有罪か否かが〝運〟であっては困ります」

桃花の言った通り変色した団子をちぎり、狢《ムジナ》に食べさせたところ、たちどころに死に至った。

これをもって、当初事件の調査に当たった官に聴取したところ、病児の房《へや》には少量の嘔吐《おうと》の痕跡《こんせき》があったのだという。しかしそれらは激しい暴行をうけた際のものだと認識し、記録もせず、吐《と》瀉《しゃ》物の毒性調査もされていなかった。

また、あらためて病児の房を詳細に調べたところ、欅柳の皮のごくごく小さな一部、そして毒性の残った杯《さかずき》も発見された。

以上のことから、今回の殴傷事件は病児による自作自演、死因は甘甘とは無縁の服毒死であったとして、甘甘は釈放となったのだった。

「できれば、その有能な検屍官を掖廷《えきてい》に置いておきたいものなのだが、秘密なのか」

「ええ、もろもろの事情がありまして。それに、宮廷でのみ正確な検屍が行われていても意味がないのです」

「――なるほど。今日はそれを訴えたくてやってきたわけか」

「無冤術《むえんじゅつ》というそうです」

「無冤術？」

「検屍こそが、冤罪を無くすすべであると」

太子が酒の杯を置き、給仕する延明へと向きなおる。

「おまえがそれを言うと、だれの言葉よりも重みを感じるな」

「殿下、愚臣めが昧死《まいし》して申しあげます」

延明は酒器を置き、伏して願った。

「医学薬学がすみずみまで行きわたれば民がすこやかで暮らせるように、検屍学、検屍制度が正しく布《し》かれたなら、無実であるのに笞《むち》打たれるものや、首を刎《は》ねられるものもなくなります。民草がすこやかかつ、穏やかに暮らせる至上安寧の世となりましょう」

今回の件で、延明は深くこれを痛感した。もし桃花がいなければ、恩師・甘甘は間違いなく死罪だっただろう。

延明の名誉のために病児の挑発に乗り、嗜虐《しぎゃく》趣味のクズに陥れられ、絞首ののちさらし首などという、垢《あか》にまみれ泥にまみれるよりもなお屈辱的となる最期を迎えさせるところだった。ほんとうに、太子が言ったように運がよかった。

だがくり返すが、死罪か否かが運によって決まってはならないのだ。

延明は身をもって知っている。獄のなかで受ける絶望の深さを。

正しい者の訴えはだれにも届かず、獄のなかで血の涙を流すしかなく、汚く狡賢《ずるがしこ》い者ばかりが得をする。——これ以上その理不尽を許せるはずがない。

太子はしばし黙したのち、「できることはしよう」と答え、さらにつけ加えた。

「私の右腕として働いてくれるならばな」

延明は瞑目《めいもく》した。

いつかは言われるとは思っていた。

太子にとって、浄身となった延明は手放しがたい存在だ。

恩師の子であり、信頼のおける臣下でもあり、しかもそれが宦官《かんがん》ならば、即位後は内廷奥深くまでも連れて歩くことができる。替えのきかない貴重な手駒だろう。

「どうした？　おまえが言うような制度を布くならば、余には玉座が必要で、玉座にはそれを支える臣下が必要であろう、友よ」

「……このような欠けた身には、荷の勝ちすぎるお言葉です」

「では否か」

「よく検討をさせていただきとうございます」

それだけをなんとか絞りだし、延明は席を辞した。

東宮からの帰り道、延明は己の手がかすかに震えていたことに気がついて、苦笑した。

——なんという怯懦《きょうだ》か。男ではなくなり、すっかり腰抜けになったか。

だが、だれにもこの心はわかるまい。

魂が砕け散り、ただの亡霊となった、孫利伯の心など。

＊＊＊

「それは、人にきいて決めることかい？」

祖父は桃花のもみじのような小さな手をひきながら、しわの深い顔に柔らかな笑みを刻んだ。

「でも」

そのさきの言葉をのみこんで、まだ六つだった桃花は頰をふくらませた。

ともだちの元元《げんげん》に言われたのだ。「おまえの家の仕事は穢《けが》れの仕事だ」と。

もちろん桃花はすぐに否定した。否定したうえにケンカになって、大泣きして転んでちょっとした崖《がけ》を転がってすり傷とコブだらけになって帰ってきたけれど。

ちなみに元元は、いつも大人しい桃花が言い返してきたことにも、叩《たた》いたらやり返してきたことにも驚いたようで、帰りもおろおろしながらずっと後をついてきていた。

でも、もう知らない。

いまも祖父と歩くずっとうしろにちらちらと見え隠れしているが、無視だと心に決めている。これはきっと、ぜっこーというやつなのだ。

……でも、ともだちとぜっこーするのなら、それに足りる理由がほしい。そう、幼い桃花は思った。

「いいかい桃花。なにかを決めるときは、自分だ。だいたい、私が穢気《わいき》にまみれてないと言ったところで、そうと信じている人間が考えをころりとかえると思うかい？」

「……でも」

「言葉なんてものはね、とっても重くて、そのくせとっても軽いものなんだよ。大事なのは、自分だ。自分がどういう答えを出すかだろう？」

うん、とうなずきながらも、桃花の頬はふくらんだままだった。

祖父は正しい。それは桃花にもわかる。でも、求めていた言葉とはちがうのだ。桃花は、検屍官はけっして穢れた仕事ではないと、大好きな祖父の口から断言してほしかった。

祖父はさらに相好をくずした。

「ではね、こんな話はどうだろう。ある妖怪《ようかい》が、自分がどんな姿をしているのか知りたくて、他の妖怪たちに訊《き》いて回った。問われたあるものは、『おまえは四角い』と言った。けれどもあるものは『おまえは丸い』と言った」

「えー、四角いの？　丸いの？　どっち？」

「どちらでもあって、どちらでもないんだよ。――つまり妖怪は『円柱』の形をしていたのさ」

祖父は懐から万華鏡をとりだして、桃花にくれた。万華鏡は丸くて四角かった。のぞきこんでまわすと、色とりどりの貝のかけらが千変万化と姿を変える。

「だれかからどう見えるかなんてものはね、その程度のことなんだよ。大事なのはね、自分自身が円柱であるということを知っている、ということなんじゃないのかい？」

祖父の言葉はいつも正しい。

正しくてまっすぐで、白光のようにいつも桃花を照らしてくれていた。

仕事もそうだ。黒と言われるものの白を暴き、白と言われるものの黒を暴いた。

臭気に鼻をふさがず、穢気を恐れず、みずからの検屍技術で死者の嘆きを暴いた。

不正に染まった役人や、買収された遺族にも決しておもねらず、汚い仕事だと蔑《さげす》まれながら、祖父はまっさらに輝いていた。

桃花が十三のときに、殺されてしまうまでは――。

「――さん、桃花さん……」

名を呼ばれた気がして、目を開ける。

ここはどこだったろう。暗くて臭い。しかも寝ているのは冷たい床に敷いた藁《わら》のうえだ。

――ということは、家ね。

たくさんの悪夢を見た気がする。祖父が殺され、父に売りとばされ、見ず知らずの他人の家の娘になったという悪夢。そればかりか後宮に入れられて……。

「桃花さん、私です」

目の前で油燭《ししょく》がちらちらとゆれる。ぼんやりと照らし出された美しい容貌《ようぼう》に、桃花は目を瞬《まばた》き、そして二度寝することにした。

思い出した。ここは家ではなく、暴室の隔離牢《ろう》なのだ。

「こら、寝ないでください。差し入れをもってきたのですから」

「いやです」

「綿の入った敷布です。そんな湿った藁のうえで直寝など、ほんとうに病にかかってしまいますよ」

「病を得れば、ずっとここにいられます。わたくしは夢の中で生きていたいのですわ。現実など、悪夢ばかり」

だから桃花は寝るのが大好きだ。寝ているあいだだけは、この悪夢から逃れられる気がする。

「なにを言っているのです。病になったら宮城からも出られないでしょう。検屍《けんし》官をたらしこんで現場入りするのでは？」

たしかにそうだ。桃花はしぶしぶ体を起こした。

延明は権力でか賄賂《わいろ》でか、それともその合わせ技を使ってか、牢の鍵《かぎ》を開けてちゃっかり中へと入ってきていた。

「これをしっかり敷いて。あと、飯もどうぞ。食後はこれも飲んでください。体を温める生薬です」

「……ありがとうございます」

「礼など。結局、私にも危ない橋を渡ってもらうと言いながら、もっとも危険を冒しているのはあなた自身なのですから。健やかなままにここを出ていただかないと、私の寝覚めが悪い」

「後宮など、どこにいても悪夢です」

　言うと、延明は冷たく鼻で笑った。それはこれまで見せたことがないような、どこか荒れた表情だった。

「その悪夢のなかでしか生きられない家畜もいるとは、ご存じか」

「延明さま？」

　仄暗《ほのぐら》さの宿る瞳《ひとみ》に驚く。しかしそれもほんの一瞬のことで、すぐにあの『妖狐《ようこ》の微笑み』に覆われてしまった。

「いえ、なんでも。しかしあなたのおかげで甘甘殿を助けることができました。感謝してもしきれません。この恩はいつか必ず」

「罪に問われていたかたは釈放されましたか。それはようございました」

「ええ。いろいろと小さな謎は残りましたが……」

「謎ですか」

「たとえば、病児が死んだ理由ですね。欅柳《カワヤナギ》による偽装が本人によるものであったことはまちがいないでしょう。理由はやはり、気にいらない上司・甘甘殿を罪に陥れるためだったと思われます」

それに甘甘がいなくなれば、その部下であった病児にも昇進の機会がめぐってくるというのもあっただろう、と延明は説明した。掖廷令《えきていれい》の補佐であった病児は、昇進すれば秩石《ちつせき》が一気に倍になるのだという。

「しかし、それだと毒で死ぬ理由がありません。状況と、あとは早くことをおさめたい上の都合で、病児は自ら毒をあおっての自死ということにはなりましたが」

「毒を自分で飲んだのか否かというのは、あの死体状況からはわかりかねますわ。ただ、怨《うら》む相手に罪をかぶせるために自死するというのは、残念ながら、ままある話です」

「それに欅柳と毒物の入手方法も不明なままで」

「それはわたくしに訊かれても困りますわ。ただ、使用された毒物が砒霜《ひそ》でないのは確実です。それに経口摂取で毒性を発揮するもので、非常に強い即効性をもつ劇毒となると、だいぶ種類は限られてくるとは思います。断言はできないのですが、おそらく鉤吻《こうふん》ではないか、とわたくしは考えているのですけれども」

「鉤吻というと、断腸草というやつですか？」

「すこし違います。ややこしいのですが、鉤吻という言葉はあいまいで、いくつかの毒草を総じて使う名前なのです。今回は遺体の状態から、おそらく鉤吻と呼ばれるもののなかでも即効性の強い『冶《や》葛《かつ》』の根ではないかと思われます」

『冶葛』の根は一寸《いっすん》を服すれば一日失神し、三寸以上服すればそのまま目覚めることはないとされる。接骨の際には麻酔としても使われるが、これ以上なく強い劇毒であると延明に伝えた。

「わかりました。調査にあたっている官に伝えておきましょう」

「よろしくおねがいします」

桃花は延明が持ってきてくれた食事の包みを開いた。蒸した米のなかに、きざんだ肉の燻製《くんせい》が入っている。肉を混ぜこんでから蒸したもののようで、米全体に肉のうまみがよくしみこんでいて、とてもうまかった。

桃花は指についた脂もしっかりと味わってから、生薬を口にした。残念ながら、こちらは一言で言ってまずかった。いかにも薬らしい複雑な臭いと苦みで、食べる順番を完全に間違えたと深い後悔が襲う。

悶絶《もんぜつ》していると、隣で桃花の食事を眺めていた延明がかすかに笑った。

「……笑わないでくださいません？　というか早くお帰りくださいませ。人のことを心配する前に、延明さまご自身が病を得てしまいますわ」

空になった生薬の椀《わん》をつきかえす。しかしそれをうけとっても、延明は動かなかった。

「この身で病など、いまさらどうして恐れましょう」

やわらかい笑みのまま、吐き捨てるように延明が言う。やはり様子が変だ。

「なにかあったのですか？」

「なにかとは？」

「わたくしが知るはずがありませんでしょう。べつにどうしても聞きたいわけではありませんから、言わずともけっこうです。どうぞお帰りになって、早くお休みください」

「おや、私に向かって帰れ帰れとはつれないですね。ふたりきりになることを喜ぶ女性はこれでも多いのですが」

「なぜ」

「それはもちろん、見目がよいからでしょう」

「わたくし、検屍官でない人間には興味ありませんもの」

桃花は心の底から正直に答えた。

「それに、奇跡的に延明さまが検屍官であったと仮定して、その職に喜びこそすれ、見目とは？　その胡散臭《うさんくさ》い仮面にはいったいどう喜べばよいのでしょう」

「仮面……」

思わずといったように、延明が己の顔に触れる。

「延明さまにとって、その仮面は自分自身を守る鎧《よろい》のひとつなのでしょう。しかしいまは夜です。だれもあなたの心の奥深くをのぞこうとなんてしませんから、ニセモノの顔はおやめになったほうがよいと思います」

延明は驚いたようにわずかに身を引き、さぐるように桃花を見た。

延明が常に気を張っていることは、なんとなくわかっていた。感情を笑みの下に隠し、だれにも見せないように守っていることも。しかし、夜の闇のなかでくらい、気を緩めてもいいと桃花は思うのだ。

「それにどうせわたくし、延明さまの顔なんてろくに見ませんから、ご安心くださいませ。なにがあったのかは存じませんけれども、それほどまでに帰りたくないのでしたら、どうぞしばらくここで微睡《まどろ》んでからでも」

延明はなにかを言いたげに口を開き、そして閉じるをくり返したあと、ふと弱ったように長く息をはいた。

「……そうでしたね……あなたは紅梅よりも白梅を愛《め》でる人だ。うわべよりも本質を見る人なのでしたね」

「そんな立派なものではありませんわ。ただ、なにかに悩んでいるのかな、と。悩むというのは孤独なことです。だれにも打ち明けることのできない悩みほど、苦しいでしょう」

だからこそ、延明はこんな場所にやってきて、とくに用もないのにぐずぐずと居座っているのではないかと桃花は思った。

「ええ……そうです。その通りですよ」

絞り出すように言って、延明はわずかな明かりであった油燭《ししょく》を吹き消した。

広がるのは、人の表情も感情も覆い隠す、墨のような闇だ。

「桃花さん。あなたは後宮を悪夢だと言った。たしかにその通りです。しかしわれら宦官《かんがん》は、ここでしか生きていけない。内廷を一歩でも外に出れば、宦官はただの家畜にすぎないのです」

桃花はなにも言えなかった。

たしかにそうだ。男子禁制の内廷であるからこそ、第三の性である宦官は重宝されている。しかし外ではそうはいかない。宦官は、子孫繁栄というもっとも大切な孝徳を失った存在であり、もはや人としてすらあつかわれないのだと聞いている。

延明は腐刑のあと、太子のくらす東宮で働いていたのだと身の上を語った。しかし罪が晴れ、身分を回復すると同時に、太子は延明を外廷の官吏として推そうとしたのだという。

「……私はそれに耐えられませんでした。内廷や東宮ではどんなに凌辱《りょうじょく》をうけることがあろうとも、まわりはみなおなじ宦官です。仲間意識があり、居場所があります。けれども、外は違う」

静かな声に、寒そうだと桃花は思った。とつとつと語っているのが、どこか震えているようにも聞こえる。

桃花は腕をのばして闇をかき、そっと延明の手をとった。

両手でつつむと、やはりかすかに震えている。そして氷のように冷たかった。

「私は、かつての私――孫利伯を知る者に会い、侮辱を受けることに耐えられなかった。そして恐ろしさのあまり、娘娘《ニャンニャン》へと内密に話を通したのです。おそばに置いてくだされば、必ずや娘娘のお役にたちますから、と。そうして中宮へと引きぬいてもらい、太子から、外廷から逃げたのです」

「では、ずっと逃げていればよいのでは？　逃げることの一体何が悪いのでしょう」

「そうですね」

力のない同意だ。

「ずっと、そうしていくつもりでした。でも、私はみつけてしまった。どうしても為《な》したいことを。そのためには、いずれここを出なくてはなりません」

ぎゅっと、延明の手が桃花の手をにぎり返す。

それは、頽《くずお》れそうな己の心をなんとか奮い立たせようと、必死に縋《すが》っているようにも思えた。

「……桃花さん」

「はい」

「私のいまの顔、見たくはありませんか……？」

それは、狐精《こせい》や妖狐《ようこ》といわれる延明とは思えないほどに、弱々しい声だった。

「そうですね。もし延明さまが死体になりましたら、それはもう歯の一本一本までしげしげと眺めさせていただきますわ」

「ほんとうに、つれない方だ」

冷たい彼の指を、温かくなれ温かくなれと念じながら、そっとさする。

延明が外廷へ出てなにを為そうとしているのか、桃花は知らない。それ以前に、ほんとうにここから出るという決断ができるのか否かも。

しかし、知らなくてもいいことだ。いまはただ、暗闇だけがほんとうの彼でいられる唯一の場所なのだから、余計な詮索《せんさく》はしなくていい。

桃花にできることはただ、彼の手を温めてあげることだけなのだから。

第三章　猫の声

朝から雨が降っていた。

芽吹いた新緑をやわらかく包むような霧雨だ。

その中を妃嬪《ひひん》たちが礼装に身を包み、朝餉《あさげ》の前に、皇后がくらす中宮へとご機嫌うかがいにやってくる。

しかし、その数は後宮妃嬪の人数を考えれば、やや少ない。天候の悪い日は体調不良を理由として休む者が多いからだ。梅婕妤《ばいしょうよ》などはその筆頭で、彼女に近しい妃嬪らは、天気がよくても足を運ぶことのほうがまれだった。

「どうなんだ、首尾のほうは？」

ご機嫌うかがいは皇后の威厳を保ったため、中宮女官、そして中宮宦官の総出で格式高く迎える。それらをようやく終え、足早に尚書室へと向かう延明《えんめい》のあとを点青《てんせい》がついてきた。

延明は通常装備となっているやわらかな笑顔で答えた。

「手ごたえとしては悪くはありませんよ。いろいろ面白い情報も入ってきています」

点青が尋ねているのは、延明が任されている後宮女官のたらしこみ——もとい、とりこみについてだ。

死王騒動はおおかた沈静化したが、延明らによる夜警支援はいまもつづいている。なにせ、皇后による支援は梅婕妤が帝《みかど》に願い、それをもって帝が直々に命じたものである。いくら寵妃《ちょうひ》であろうとも勝手に締めだすことはできないのだ。梅婕妤は内心、歯噛《はが》みしていることだろう。

おかげで延明の部下による工作は毎夜着々と効果を出しつつあり、さまざまな情報が延明のもとへと届けられていた。

「悪くない？　どこがだ？　俺としてはもっと劇的な変化が欲しいがな。まず、雨が降ろうが槍《やり》が降ろうが、妃嬪ら全員があいさつにくるべきだ」

「なにを言っているのです。今日の天気を考えれば、これでも増えてきたほうでしょう。成果を急《せ》いてはいけませんよ。こちらが大きく動けば、そのぶん揺り返しも大きくなります。こういうときはすこしずつ根を回し、梅婕妤の力をそぎ、反対に娘娘の求心力を高め、確実に勢力を広げていくのです」

「それは一応わかってはいるんだが……。たとえばなにか策とかないのか？」

「そうですね、猫退治なんてどうです？」

「猫退治？」

点青は袍《ほう》の襟もとをくつろげながら、首をかしげた。

「猫ってあの、老猫女官のことか？」

「まったくもって違います」

「痛ッ！　なんで足を踏む⁉」

「失礼。履《はきもの》に便所虫がついていたもので」

「いや、ぜったいうそだろそれ……」

大げさに足をさする点青をおいて、さっさと歩く。点青はなおも追いかけてきて、

「だから退治する猫って？」と聞いてきた。

「しつこいですね。はやく娘娘《ニャンニャン》のところへ戻って朝餉の給仕をしたほうがよいのでは？」

「娘娘は肌の調子が悪いとかで、治るまでは俺をそばに置いてくれないんだ」

延明は内心で「乙女か！」と思った。

皇后は美しいが、一切の感情を表に出さない鉄面皮だ。いかにも鉄の女といった可愛げのなさが、帝の寵を得られないもっとも大きな理由である。ところがなぜか、点青を介して知る皇后だけは、いつも別人のように『恋する乙女』だった。

女という生きものは単純なようでいて、案外複雑で難しい。

——あの老猫女官も、単純そうに見えて難しい。

延明は、姫《き》桃花《とうか》という変わり者の女官を脳裏に描く。

ものぐさなぐうたら女官かと思えば、遺体を前にして凜《りん》と豹変《ひょうへん》する娘だ。

しかも延明がひた隠しにしている感情に気がつき、寄りそおうとするやさしさを見せつつも、決してなびく様子を見せない。

「おまえ、女のことを考えているだろう？」

はっと顔をあげると、点青がニヤリとした顔で延明をのぞきこんでいた。

「考えていませんが。あなたと一緒にされても困ります」

「はいはい。毎夜贈り物を手に足しげく通っているのに、まだうまくいかないのか」

贈り物ではなく食料と生薬で、毎夜足を運んでいるのは協力してくれたことへの恩返しのためだ。

「いいかげん、手ぐらいはにぎったんだろう？」

「手など」

延明は鼻で笑った。手など、とうににぎっている。しかも向こうからだ。

ただ、そこに同情こそあったが、それ以上の感情は皆無だっただけの話だ。

ふと、胸の内にもやもやとした苛立《いらだ》ちが湧く。

以前あの娘は、延明を第三の性としてではなく、誇りある男子として、尊厳ある人間としてあつかった。

宦官《かんがん》にとって、それはとても得難いことだ。

しかしうれしく思い、感動すら覚えるのに、なぜだかそれがひどく物足りない。対等な人間としてあつかわれたいと常に願いながら、それを得たら得たで、こうも苛立つのはなぜなのだろう。

「なあ――っておっと、だから足を踏もうとするなって」

「しつこい。あれは女色家です。そして私が退治しようとしているのは老猫女官ではなく、盛りのついたオス猫ですよ」

「？　どういうこった」

「なんとかしてやってほしいと私の部下に話をもってきたのは、四区の夜警女官です。彼女の友人の友人だかが、呂《りょ》美人の髪結い係りをしているらしく、訴えはつまるところ一区呂美人周辺からなのですが」

「一区か。いいねえ」

ちょうど、延明の尚書室についた。

なかでは童子が延明のために軽食を用意していて、点青がそれにまっさきに手をつけた。

どうせ注意したところで態度が改まるということもないので、延明はとっとと説明をすませてしまうことにする。話が終われば帰るだろう。

「なんでも、夜になると赤子の泣き声がきこえるそうですよ」

「赤子？」

点青が粥《かゆ》の匙《さじ》を置いた。

「どこが猫なんだ」

「素直ですか。後宮に野良《のら》の赤子などいるわけがないでしょう。猫ですよ。それも盛りのついたオス猫です」

点青は納得のいったようないかないような微妙な顔をしたが、「たしかに春だしなぁ」とふたたび粥を口に運ぶ。

「盛りのついたオス猫の鳴き声ほど、不気味なものはありません。しかもさきの死王騒動の件もありますから、それと関連づけて、髪結い係りをはじめとした女官たちは怯《おび》えているようです」

彼女たちははじめ、主《あるじ》である呂美人に相談したのだという。けれどもとりあってはもらえなかった。それどころか、一区には怖がりな梅婕妤もいるのだから騒ぎ立てるなと、かえって叱られてしまったそうだ。

「ちょうど良い具合に呂美人のところの司馬《しば》という侍女も最近伏せがちだそうで、それも死王のしわざではと思っているようです。死王はやはりいるのではないか、と」

「ここにきて、またそれか」

「まあ悪くはありませんよ。娘娘《ニャンニャン》が祓《はらえ》の儀式を行うなり女官らに護符を配るなりし、それにあわせて猫を退治してしまえばよいのです。ぴたりと止む〝赤子の声〟に、下級女官たちはいたく感動することでしょう」

「なるほどな。たしかに悪くない」

言って、点青はすっかり空になった粥の碗《わん》を置いた。そのいい食べっぷりに、無性に食欲が刺激される。

「というわけで、今夜から派遣する夜警の人数を増やし、まずは猫のすみかを確認します。あなたは書簡でもなんでもいいから娘娘にこの件を伝えておいてください。あと、そのまえに私の粥を返すことを忘れずに」

＊＊＊

桃花は絶望的な気持ちで、その水場を眺めた。

ここ数日つづいているどんよりとした空の下、いかにも冷たそうな水が張られている。その水は空よりもなお、おどろおどろしい色あいをしていた。

麻の単《ひとえ》一枚の体に、ひんやりとした風がしみる。

せめて。せめて今日が春らしいぽかぽか陽気だったなら。そう思わずにはいられない。春眠をさそう陽だまりのなかでの作業だったなら、気持ち良くうとうとしながら歩けただろうに。

「さあ、やるぞ！」

この場を仕切る女官が、三白眼をつり上げて号令する。桃花も彼女たちのように裾《すそ》をたくしあげ、えいやっと水場へ足を踏み入れた。

水はふくらはぎの深さほどあり、痛いほどに冷たい。はだしで踏んだ水の中には、数種類の草木がみっちりとひたされていた。

桃花たち五人の女官に与えられた仕事は、この草木をばしゃばしゃとひたすら踏み歩くことである。

「運が悪かったね」

三白眼の女官——紅子《こうし》が桃花に声をかける。

「もと病人を罪人たちと一緒に作業させるのは気が引けるんだけど、まぁあきらめるしかないね。この作業は遅らせるわけにはいかないもんだからさ」

「はい。わかっています……」

ここは織室《しょくしつ》という、染めや織りのための部署である。入宮してまもない女官や仕える妃嬪《ひひん》をもたない女官が、ここで糸紡ぎや機織りの作業につく。なかでももっとも大変なのが、桃花たちがいままさに行っている染色液をつくる作業で、これには多く、暴室に収容されている罪人があてられていた。

「あぁ、あんた、流行《はや》り病の疑いで隔離されてた子か」

べつな女官が桃花の顔をのぞきこむ。彼女は罪人だ。労働にあてられた罪人はみな両腕を拘束され、綱でつながっていた。

「あたしたちにうつるんじゃないだろうね？」

「大丈夫です。ただの風邪だったという診断を受けていますので」

だが、それが災いした。

桃花は先日、流行り病の恐れなしとの診断を受け、あとは既定の日数を牢《ろう》で過ごすだけの毎日になるはずだった。だが折り悪く、暴室から織室へと送る罪人の数が足りないとかで、こうして急きょ労働に駆り出されてしまったのである。あまりに急なことだったので、おそらく延明もあずかり知らぬことだろう。

「紅子さんは織室の所属ですか？」

「そうそう。もとは三区で亡くなった李《り》美人さまの女官だったんだけど、あのあと引きとってくれる妃嬪がいなくてね。ほら、侍女がひとり破傷風で死んだりもしたし、気味が悪いっていわれてさ」

「じゃあ、李美人さまのところで仕えていた女官はみな織室に？」

「そうなのもいるし、他の部署の下働きに連れて行かれたのもいる」

どちらにしても厳しい境遇だ。なんとか仕え先を見つけない限り、彼女たちは食事も俸禄《ほうろく》もろくに保障されない身分がつづく。

「……でも、こういっては失礼でしょうけれど、紅子さんはなんだか溌剌《はつらつ》としていますね」

顔や手足はすっかり染織作業で汚れがしみついていたけれど、紅子の顔色自体は悪くないように見えた。先への不安や絶望を感じさせない。

わかるかい、と紅子は破顔した。

「正直、まいってたんだよ。あたしらにとっても三区は気味が悪くてさ。それで寝不足がつづいてたのさ」

異動になって、とりあえずぐっすり眠れるようになっただけでもありがたい。紅子はそう言ってからからと笑った。

延々と染め草を踏み歩く作業が終わったのは、夕刻になってからのことだった。

暴室での食事の配給が迫っていたので、罪徒たちは送り迎えの宦官《かんがん》を引きずるようにして急ぎ帰って行く。もたもたしていた桃花はぽつねんととり残されてしまった。

「鈍くさい子だねぇ……。仕方ない、送ってくよ。脱走したとか思われたら、それこそほんとに罪人の仲間入りになっちまうよ、あんた」

「ありがとうございます」

紅子に送られて、織室から暴室へと戻る。冷え切った身体でぎしぎしと軋《きし》む足を引きずる桃花の歩みは、紅子があきれるほどに遅かった。

考えても見れば、養女として売りに出されて以来、これほどの労働をしたことがなかったかもしれない。桃花を買いとった姫家は古来の名家だった。

「……わたくし、恵まれた身の上だったのだわ」

「大丈夫かい？　ちゃんと食事にありつけるよう暴室の宦官に話をしてあげるから、元気だしな」

「いえ、食事はいいのです。それより早く寝たい……」

「あーその気持ちはわかるねえ。人間、ひもじいのもつらいけど、眠れないのもおんなじくらいつらいからね」

粗い舗装の先に、暴室がようやく見えてくる。

寝床だバンザイ、と思ったところで、目のまえを白猫が横ぎった。

「げっ、猫……っ！」

紅子がぎょっと顔色を変えて、桃花のうしろに隠れる。

「くっそ、こっちにもいたのか……」

「紅子さんは猫がおきらいなのですか？」

「きらいっていうか……。寝不足の話しただろ？　その原因が、夜中に鳴く猫なんだよ」

桃花はことりと首をかしげる。猫の鳴き声はやさしくて好きだ。

紅子は桃花の表情を見て、そうじゃなくて、と言う。

「ただの猫じゃないんだよ。おあぁ、おあぁぁって気味悪く鳴く、盛りのついたオス猫さ」

「ただの猫ですね」

「いやそうなんだけど、そうじゃない。これがとびっきり赤子の泣き声に似てるんだよ！」

「そう珍しいことじゃない気もしますけれども。大きなサギの夜鳴きなど、それこそ人の悲鳴のようですし」

「わかる。わかるんだけど、それが三区となるとまた話は違うだろ？　死王を産んだ李美人の三区、その侍女が怪死した三区さ」

またその話か、と桃花は思った。

「あれは暴室の丞《じょう》（長官）がエサをあげている野良《のら》猫で、メスですから大丈夫ですわ」

メスと聞いてあきらかに紅子はホッとした顔をする。

「それに死王が万が一いたとしても、三区は大丈夫なのではないですか？　呪われるなら一区の婕妤《しょうよ》さまでしょう？　去年あたりから李美人さまをいじめていましたし」

ここは一区ではないので、紅子を安心させるためにそんなことを言ってみる。

だが紅子は逆に「いやいやそうでもないんだよ」と表情を暗くした。

「たしかに死王が一番怨《うら》んでるのは梅婕妤だろうよ。いじめてたことはもちろんだけど、あの死が謀殺だったなら、その首謀者は間違いなく梅婕妤だ。陰険だから」

完全に決めつけて言い、だけどね、とつづける。

「謀殺だったなら、なおのこと死王は三区にも用があるはずなのさ。とくに破傷風で死んだ侍女の碧林《へきりん》と、いまじゃすっかり臥《ふ》せっちまってる高莉莉《こうりり》にはね。あたしらはべつに呪われる心あたりなんてないんだけどさ」

「それは、どういう……？」

「みんな気味が悪くって口にしないんだがね、じつは李美人さまが就寝中に亡くなったあの夜の不寝番が、あのふたりだったのさ」

「つまり、李美人謀殺にふたりが加担した——と。そう、三区の仲間内からは思われているというわけですか」

「……まあ、真実なんてわからないけどさ」

紅子はさすがに言葉を濁したが、撤回はしなかった。

「まあなんにしたって、碧林は死んだ。高莉莉はすっかりおびえちまって、あたしも殺されるんだーなんて毎日ブツブツ言いながらこもりっきり。んで、ときどきやつれた顔で外に出てきては、手近にいる女官に助けを求めてきたのさ。高莉莉には悪いけどねえ、あたしらはもうみんな参っちまってたよ。しかもそれに加えて、夜中に薄気味の悪い鳴き声が聞こえるだろ？　死王かどうかはわからないけどさ、ただの猫にしたって、ゾッとしちまって安眠なんかできるわけがないだろう？」

その夜も、延明は差し入れと生薬を手に桃花の隔離牢へとやってきた。

だがいかんせん、桃花は眠いのである。非常に眠いうえ、非常に疲れ切っている。

桃花はしつこく名を呼ぶ声を子守歌にしつつ、もうひと眠りすることにした。

体は泥をまとったように重くて、息をするのすら面倒臭い。わざわざこの重たいまぶたを押し上げて、起きあがらなくてはならない理由もなかった。暴室の食事は質素極まりないものだったが一応口にはできたし、まだ餓死するほどではない。生薬だって、そんなものを飲むより寝たほうがずっと体にいいはずである。

延明の声は高すぎず低すぎず、やわらかくて耳に心地よかった。

子守歌として悪くない。そう、まどろみのなかで思っていた桃花だったが、とつぜんその声色が緊迫感を帯びだして、いぶかしみつつ、うっすらと目を開けた。

「こら、起きなさいとなんど言ったら！　その体はいったいどうしたのです⁉　その手足の汚れは……っ！」

「……延明さま。説明はどうか三日後くらいに……」

「は？」

どうやら染色液がしみついた手足や衣に気がついて、驚いているようである。それならどうでもいいなと判断して二度寝する。

だが延明は許さなかった。

「三日後……そうですか。ええ、いいでしょうとも……」

この上なく優しいはずなのに、ぞくりとするような響きをはらんだ声に、はたと目を開ける。

「私が本気を出せば、三日であなたを中宮女官へと配置換えしていただくくらい、わけもないことです。――では、お話は三日後。ええ、中宮でお会いしましょうとも」

脅しだ。桃花は跳ねるようにして上体を起こした。

「……延明さま、ひどいですわ」

中宮に配置換えなど、とんでもない。皇后が桃花をどう扱うにせよ、梅婕妤から妙な勘繰りをうけることは間違いない。その結果、どんないやがらせを受けるかもわからないのだ。少なくとも、平和な日常に大きな波風が立つことはたしかだった。

「なにを言いますか、ひどいのはあなたのこの汚れです。まさか、織室の労働に？」

「人手が足りなかったようなのです。ご理解いただけたようですので、おやすみなさいませ」

「だから寝るなと言っているでしょう！　ああ、もう、これほど汚してしまうとは……いったいどうやって落としたら……」

その声はどこか途方に暮れているようにも聞こえて、桃花はまじまじと見つめた。

延明が油燭《ししょく》を手にして桃花の手足にかざし、おろおろしているように見えるのである。なんだか申しわけないような気がしてきた。

「……あの、延明さま、ご存じないのかもしれませんが、これはただの染料です。毒ではありませんわ」

「はあ？　そんなこと知ってます。まだ寝ぼけているのですか」

軽く怒られてしまった。あまりにも動揺しているようなので教えてあげたのだが、そういうことではないらしい。

「もしかして、責任を感じていらっしゃいます？　でも暴室に入れてくれと頼んだのはわたくしですから、延明さまのせいではありませんわ」

「しかし……これは」

「疲労は回復するものですし、汚れはそのうち落ちるものですから大丈夫です。軽食もいただきますし、今日は生薬もこっそり捨てたりせず、きちんと飲みほしますわ」

「捨てていたのですか……」

がくりと脱力しつつ、延明が軽食を差しだす。

包みを開くと、青菜などの野菜を肉ではさんだものだった。野菜は辛みをきかせた豆鼓《トウチー》であえてあり、肉はふっくらとやわらかく蒸してある。

ひと口齧《かじ》るとじわっと豊かな肉汁が口にひろがり、しゃきしゃきとした青菜の食感が、それをさわやかに感じさせる。

「おいしいです。――ところで延明さま」

あっというまに食べ終わり、生薬の椀《わん》を手渡された桃花は、そのつんと鼻にしみるような苦手な臭いにひるんだ。椀を手でもてあそびつつ、なんとか飲むのを先送りにしようと昼間の話を持ち出してみる。

「三区の猫をご存じですか？　気味の悪い声で夜鳴きをするオス猫がいるらしいのですけれども」

「三区？　一区ではなく？」

思いのほか食いつきがいい。はやく飲めと言われなかったことに桃花はこっそりと安堵《あんど》した。

「ええ、三区ですわ。なんでもその声を死王の声だと考える女官もいるらしく、またしても寝不足になる者が出ているのだとか」

紅子の場合、死王だと頭ごなしに信じているわけではなく、猫だとは一応理解しているようだった。変な声で鳴くオスの猫だと。けれど、疑いも捨てきれず、とにかく気味が悪くて眠れなかったというような話だった。

「……そうですか。三区に」

すこし考えこむふうにしたあと、延明は納得いったように顔をあげた。

「じつは、一区呂美人周辺の女官からもその話が出ていたのです」

「まあ、一区でも？」

「梅婕妤の昭陽殿《しょうようでん》でそのような話は？」

「ありませんでしたわ。では三区の李美人が使ってらした殿舎から、一区呂美人の殿舎あたりまでが猫の縄張りなのですね。一区と三区は隣接していますし」

オス猫の縄張りはひろいという。桃花は一抹の不安を感じた。

もし、その猫が梅婕妤の殿舎にまで縄張りをひろげてきたらどうなるだろう？

まちがいなく梅婕妤は怖がり、とり乱す。また帝《みかど》になんとかしてほしいと訴えるのだろう。結果、宦官《かんがん》総出の捜索となり猫が駆除されて終わるなら、それでいい。

――けれどももし、帝の勘気を買ったなら？

死王騒動を皇后が解決し、それを帝が褒賞したばかりなのだ。

そこへまた騒動を彷彿《ほうふつ》させるような訴えを持ちこんだなら、評価が落ちるのは梅婕妤《しょうよ》だ。

　梅婕妤への寵愛《ちょうあい》が目減りすれば、虎視眈々《こしたんたん》と寵妃の座を狙う者によって、一気に足をすくわれる。それは避けなくてはならない。いまの桃花を守っているのは、梅婕妤という絶対的な寵妃の存在なのだから。

「……あの、延明さま。ぜひとも早めの駆除をお願いいたします」

「もちろんです。これは私たち中宮側にも利のあることですので。しかし三区はほんとうにやっかいごとが尽きない」

　やれやれとでも言いたげに、延明はこめかみに手をあてる。

「李美人の死、その侍女碧林の死。それにじつは、あなたに検屍《けんし》をしていただいた宦官の病児《へいじ》なのですが、彼もこの一年ほど掖廷《えきてい》官として三区を担当していたのですよ」

「ああ、あの服毒死の……」

「くわえて、気を病んだ女官に気味の悪い猫ですか」

「気を病んだ女官とは、まさか高莉莉さんのことでしょうか」

　紅子が、彼女の様子があまり明るいものではないと言っていた。

　案の定、延明は首肯する。

「ええ。三区の女官はほとんど異動させたのですが、それもあって高莉莉だけは三区に残して様子を見ていたのです。しかしそれも回復は難しいとの判断が下りましたので、明日《あした》早くに暴室送りになると思われます」

「そうでしたか……」

では、高莉莉は今後、死ぬまで暴室で隔離されるのだ。心を病んだ女官は奇跡的に回復したとしても、引きとってくれる部署がない。

かわいそうにと思っていると、ふと強く視線を感じた。見れば、延明がじっと桃花の顔を見つめている。

「あの……なんでしょう？」

「ごまかしてもムダですよ。はやく生薬を」

どうやら、引き延ばしていることはわかっていたらしい。

「わたくし思うのですけれども、延明さまのお運びくださる生薬はかなり濃すぎるのではありませんか？　これは実にひどいいやがらせですわ」

「ほう、桃花さんはひどいいやがらせを考えさせれば右に出るものがいないと謳《うた》われるこの私に、それをおっしゃる？」

「え、延明さまはそんなことを謳われてらっしゃるのですか……」

延明はにっこりと笑みを浮かべる。その目はまったく笑っていない。

彼は距離を一気につめてきたかと思うと、生薬をもつ桃花の手首をがっしりとつかんだ。

「私はね、いやがらせどころか、あなたにいうことを聞かせようと思えば、いくらでも脅し文句を思いつくのです。実行するだけの後ろ盾もある。観念することですね」

「でも」

桃花は延明の目を正面から見つめ返した。

「ほんとうにわたくしがいやだということは、強引にはなさらないでしょう？」

延明が瞠目《どうもく》し、固まったように動きが止まる。

「……それは、もちろん……」

「では、飲みたくないですわ！」

ならばと断言すると、延明は呪縛《じゅばく》が解けたようにはっとして、顔を赤らめた。

「な……！　飲むと言ったのは桃花さんのほうでしょう！」

「だって順番を間違えたのですもの！　おいしい食事のあとにこれを飲んでは台無しですわ」

「生薬とはそういうものです！　わがまま娘ですねあなたって人は！」

「ええいまさらですがわたくしは最高にわがままでぐうたらな悪い女なのですわ！」

膝《ひざ》も触れる距離で言いあっていたふたりは、ふと感じた人の気配で口をつぐんだ。

「なにやってんだ？　あんたら」

格子のすぐ外に見知らぬ宦官が立ち、あきれたように桃花たちを見ていた。

延明はあわてたように牢《ろう》の外に出る。

「点青、なぜここへ」

「ああ、邪魔して悪いが、おまえの部下からの速報を届けにきた。また三区だ」

桃花と延明は格子越しに目を見あわせる。

「高莉莉が死んだ」

＊＊＊

高莉莉、自害。

それが掖廷による調査の暫定的な結論だった。

「第一発見者はおまえの部下だ、延明」

ようやく白みはじめた紺色の空では、まだ満天の星々が夜明けに負けまいと輝きを主張している。

その夜と朝のせめぎ合いを切りとった四角い窓の下で、掖廷令である甘甘《かんかん》は座し、疲労濃い顔で宦官帽をゆっくりとかぶりなおした。

延明が彼にはじめて会ったのは五年前。当時は蚕室がある若盧獄《じゃくろごく》の責任者をしていた。外見は帽内の白髪が増えたくらいしか変わりはないが、延明より二十は年上の彼にとって、今回の夜を徹した調査はさすがにこたえたようだった。

甘甘は疲れをほぐすように眉間《みけん》のしわを揉《も》む。

「夜警のついでに猫をさがしていたんだとかね。報告は受けただろう？」

「ええ。猫の声がしたので、高莉莉の房《へや》を訪《おとな》ったのだと」

部下たちには一区でオス猫を捜すように言ってあったが、部下が言うに、夜警で三区をめぐっている最中にそれらしき声を聴いたのだという。それどころか、猫のような影も見た、と。

猫は動きがおそく、それでいて素早かった。身軽に走ってるようには見えないのに、なぜか追いつき捕まえることができない。まるで焦《じ》らすように手提げ灯ろうの灯《あか》りの先をちらちらと横ぎるのだという。

気味が悪かったが、もしかしたら延明に言われたオス猫かもしれないと思い、なかなか縮まらない距離に苛立《いらだ》ちながらも追っていったところ、その影は高莉莉の房へと入っていったように見えた。

そこで中に声をかけ、返事がない――つまりだれもいないようだと確認をしてから戸を開けて入り、すでに返事もできない状態となった高莉莉を発見するに至った、という話だった。

「われわれ掖廷が駆けつけたとき、遺体は手足の関節に軽度の硬直があった。まだ死んでからそう時間は経っていないようだったよ。三区にいた女婢によると、夕餉《ゆうげ》をひと口ていど食べていたとの目撃証言があるので、死んだのはそのあとだな。——こう」

甘甘は両手で細いなにかをにぎる仕草をし、それをのどにトンと押し当て、引きぬくしぐさをする。

「刃物でのどを突いて果てたようだ」

「失礼ですが、自害であったという確証は？」

尋ねると、甘甘は几上《きじょう》に死体検案書をひろげて見せた。

「のどをみずから突いて死んだとき、死者の口と目は閉じ、両手の拳《こぶし》はにぎられ、両腕は湾曲して縮んでいるものとされる。また、傷口の皮膚は内側に巻くように縮んでいる。まず、これらが当てはまった」

延明はすばやく検案書の文字を追う。たしかに死体の状況は甘甘が述べたままのようだ。

そして高莉莉は房の臥牀《ねどこ》に腰かけるようにして、そのまま仰向《あおむ》けに倒れていたらしい。その利き手には厨《くりや》から持ち出した小刀がにぎられていたとある。

「また、死体の硬直をゆるめ、手が傷口に自然に届くのかも調べ、確認がとれた。致命傷となった傷のほか、恐怖のあまりいくつかつけた浅いためらい傷も見受けられた。それ以外の損傷は全身いずこにも見当たらない。——以上のことから自害だと判断できるわけだ」

「そうですか……」

「高莉莉は心を病んでいたようだし、暴室送りも決まっていた。死王に殺されるという妄想にもとらわれていたようだね。追いつめられて命を絶ってもおかしくないと、私は思うのだが。……それでもやりたいというのだね。再検屍《けんし》を」

「はい」

延明は報告を受けてすぐに甘甘と連絡をとり、掖廷《えきてい》とは別口での詳しい調査の許可を申し出ていた。点青を使っての皇后への許可どりも同時に行っている。

李美人の妊娠中毒による病死。

その侍女碧林の感染症による死。

三区担当だった病児の服毒死。

これに加えて、夜に聞こえる気味の悪い声、そしてもうひとりの侍女・高莉莉の死ともなれば、死王騒動の爆発的再燃は免れないだろう。一度鎮静化しかけた騒動の再燃は収拾が難しい。ここでの対応を誤れば大変なことになる。

――それになにより、胸騒ぎがする……。どうもきな臭い。

引っかかるのは、病児の服毒死だ。

毒が死因なのは間違いないが、どうやって飲んだ[illegible]ほんとうに自ら毒をあおったのか？　そこに延明はいまだ納得を見出《みいだ》せずにいる。

「私のもとに優秀な検屍官がおります。その者にどうか、夜が明けてからの再検屍をお任せ願えないでしょうか」

延明は揖手《ゆうしゅ》し、頭をさげる。甘甘は人柄のよく表れた誠実な面差しで、それを制した。

「よしなさい。いまや君は私と同格、秩石《ちつせき》六百石の中宮尚書だ。それも東宮僕、東宮侍中という太子さまに侍《はべ》る権利まで有している。願う必要などないだろう」

それにね、と甘甘は目もとを和らげた。

「私もぜひ見てみたいんだよ。この身の冤罪《えんざい》を雪《そそ》いでくれたという、すばらしい検屍官の腕をね」

延明は仮面の微笑みでこれに答える。

その〝すばらしい検屍官〟は、生薬を今後一切飲ませないという確約とひきかえに、全面協力を誓ってくれているのだった。

陽が完全にのぼった頃、高莉莉の再検屍は掖廷令・甘甘の手配による情報遮断のもと、遺体の発見された三区にて行われることとなった。

「まさか現場をそのままで残してくださっているとは、ありがとうございます」

女婢すらも閉めだした李美人の殿舎、その侍女房を前にして、延明は甘甘に拱手《きょうしゅ》した。

遺体はすでに外へと運び出されていたが、房内はそのままに保存されているという。まず房のなかを見たいと言っていた桃花の希望をきちんと叶《かな》えることができた。

いやいや、と甘甘は首を振る。

「たいしたことじゃない。このままにした方が情報の遮断も楽だったという理由が大きいんだよ。——で、そちらがきみ秘蔵の検屍官殿かな？」

「はい。彼は桃李《とうり》といいます」

延明が紹介すると、官奴《かんど》姿の桃花は深々と揖礼《ゆうれい》をささげた。

「ずいぶんと若い」

「お言葉ながら、検屍官に必要なのは年齢ではなく、検屍の経験と正しい知識かと心得ております」

「こ、こら桃李！」

「いやいいんだ延明。彼の言葉は正しいだろう。その証左に、私は救われたのだから。さあ頼んだよ」

甘甘にうながされ、桃花と延明は高莉莉の房へと足を踏み入れた。

房内は延明の尚書室よりやや手狭ではあるものの、女官としては十分に広い。しっかりとした臥牀には厚みのある綿じきが敷かれ、わきには塗りのうつくしい棚がしつらえてある。

ただ、それらには大量の血痕《けっこん》がしぶいていた。雅《みやび》やかな香のかおりにも鉄臭い血糊《ちのり》臭が混じり合っており、なんとも言えない無残なありさまだった。

「ようございました。房内についての記録はしっかりととられているようです」

桃花が調査資料と房内とを見くらべて言う。

それから棚にあった箱をとり、ふたを開けた。中にきれいに整頓《せいとん》されていたのは宮《おし》粉《ろい》や紅、笄《こうがい》、それに練香を入れた袋など、どれもよい品だった。侍女に贖《あがな》えるものではないので、李美人からの下げ渡しの品々なのだろう。

「さすが女官を大切にする李美人さまの侍女。待遇が抜群です。香を焚《た》くための香炉まであります」

香炉のふたまで開けてのぞきこみながら、桃花は妙に感心しているようだった。

たしかに、実用的なつくりでけっして華美ではないが、妃嬪《ひひん》でもない女官にはなかなか持てない品だ。それがよく磨かれ、灰には燃えカスひとつ見当たらず、きれいにならされていた。

――無欲な老猫女官でも、さすがにうらやましいと思ったか。

延明は密《ひそ》かにそんなことを思う。梅婕妤《しょうよ》の〝隠された女官〟には、とても思いもつかないような厚遇だろう。

「李美人は、ご自身の練香の中から割れた物やふぞろいの物を侍女たちに下賜していたそうだよ。おなじようなものは碧林の房《へや》にもあった。死んだときの房でなく、侍女としてあたえられていたほうの房にね」

　邪魔にならないようにと外から甘甘が補足する。

「掖廷令、確認ですが、この房はご遺体発見時のままなのですよね？」

「そうだ。遺体はさすがにそのままとはいかなかったがね。それでも損なったつもりはないし、仔細《しさい》調べてすべて記録したつもりだよ」

　桃花はしばらく血糊のこびりついた床を這《は》うようにして眺めてから、ようやく立ち上がった。

「次は検屍ですか？　桃李」

「はい。今回も延明さまは記録をお願いします」

　房から院子《にわ》へと出る。院子の隅には必要な道具が並べられた長几《ながつくえ》が、そして布で覆われた高莉莉の遺体が寝かされていた。

　桃花がしゃんと背筋をのばし、遺体の前に膝《ひざ》をつく。覆いがとり払われる瞬間、延明はごくりと唾《つば》を飲んだ。

　あらわれたのは、人形のように血の気を失った女の遺体だった。

　病児の時のような腐臭こそしなかったが、それでも言いようのない断固たる死の影が横たわっている。その事実に、どうしても本能的な畏怖《いふ》をもよおさずにはいられない。

「意外と……血はついていないのですね」

乾いた唇をなめつつ、延明は桃花に話しかけた。

のどを小刀で突いたとのことだったので、てっきり血まみれの死体が出てくるのかと思っていたが、思いのほかきれいだった。血糊はせいぜい首に開いた無残な傷痕《きずあと》にこびりついている程度だ。

「まるで洗ったかのようです」

「まるでではなく、洗ったのでしょう。自害の傷か否かはかならず遺体の硬直をとき、手がその傷へと自然な形で届くかを確認せねばなりません。そのためには酒粕《さけかす》などを使って遺体をあたため、それを洗い落とさねばなりませんから」

「あぁ、その際に血は流れたと。桃李ももう一度おなじ工程を？」

「必要がないものは省きます。まず、高莉莉さんが身につけていた衣服ですが」

「桃李君、それはこちらに」

甘甘が呼び寄せた官が、きれいにたたまれた深衣をもってくる。病児の時は衣服の確認をしなかった桃花だが、今回はそれを手にとり、みずから羽織ってみるなどしてなにかを調べているようだった。

「ありがとうございました。つぎに、首の傷以外の損傷がないかを確認します」

この工程は前回とおなじだった。すっかり硬直してかたまった遺体に触れ、総角《あげまき》にした髪をほどいてその長さ、そして頭髪の中まで入念に調べる。眼、歯、舌、鼻なども同様だ。

違ったことといえば今回は女官であったので、浄身の古傷のかわりに陰部があったことだった。桃花はためらいもせず、硬直した股《また》のあいだから手を差し入れる。延明だけでなく、甘甘もぎょっと目を剝《む》いた。

「と、桃李なにを……っ!?」

「女性の場合、ここに刃物を差しこまれて殺される場合もありますので、中に傷はないか、凶器が残っていないかを確認せねばなりません。肛門《こうもん》もまた同様です」

「中に、刃物……」

「羞恥《しゅうち》のあまり検屍《けんし》官が調べないことが多いためです」

延明は絶句したが、異物なしとの言葉にあわてて記録の筆をとりなおす。

桃花の表情には、恥じらいもためらいもない。凛《りん》とした真剣な表情で、延明であれば困惑したり忌避してしまうような作業をしっかりと、そして丁寧にこなしていく。

その姿に圧倒されるものを感じて延明は息をついた。

彼女が放つのは威圧的な気配ではなく、白光のような清廉さと高潔さだ。その手はきっと、どれほど腐乱した遺体に触れても穢気《わいき》にまみれることはない。

——……美しいな。

桃花の作業は知らぬ者が見ればきっと、遺体を愚弄《ぐろう》しているようにも見えるのだろう。けれどそれは違う。いまこのとき、彼女のすべては唯一死者のためだけに捧《ささ》げられている。

「使用されたという刃物を貸していただけませんか」

桃花が顔をあげると、官が包みを開いて小刀を差しだした。それをのどの傷ひとつひとつと照合する。

「どうです、桃李」

「使われたのはこの小刀で間違いないようです。傷も、いずれも生きているうちについたもので、死後に偽装されたものではありません。致命傷となったのはやはりここです。深部は首の骨に達し、食道気道、ともに断たれています」

桃花がしめしたのは、のど骨を断ち、ぱっくりと開いた深い刺傷だ。

そうだろう、と甘甘がうなずく。

「手も傷口に届くことは確認済みだよ。不自然なところはどこにも――」

「他殺ですね」

「え……」

目を瞬《まばた》く甘甘に、桃花は傷の場所をよく見るようにうながした。

「この傷、のど骨を突き破っています」

そしてみずからの白い首にゆびを這わせ、のど骨をこりこりとさすって見せる。

「のど骨は硬く、通常この上から自刃しても失敗します。突き破ることができず傷が浅くなってしまうためです。ところが、これは非常に深い。のど骨を断ち、しかも首の骨にまで達しています」

「…………臥牀《ねどこ》に腰かけて、みずから突いたとするには不自然、と」

「はい。着衣の血痕もそうです。腰かけた状態でのどを突いたのなら、もうすこし領《えり》のあわせから胸下にかけて、縦の流れが多く残っていてもよいと思います。力み、あるいは恐怖で前かがみになることも多いので、腿《もも》の上に大量の血がしたたっている場合もよく見られますが」

甘甘は部下に深衣をひろげさせ、血痕《けっこん》を確認してうなった。

「ふむ、首回りのほうがよほどしみているか」

「あおむけで発見されたというのも、いまひとつ自然なほうではありません。これほど深くをみずからの力で突くとなると、やはり前かがみになりがちです。前傾姿勢でゆかに倒れているほうがむしろ自然です。――ただ、これは場合によりけりなので判断材料のひとつにすぎませんが」

「しかし桃李、他殺となると、何者かが小刀で高莉莉ののどを突いたということになりますが、それはそれで不自然なのでは？　抵抗の形跡がないでしょう」

刃物を持った人間に前から襲われたなら、抵抗の痕跡があってしかるべきだ。

「死体には、身をかばおうとしてついたような傷がありませんよ。荒れた房内は逃げる前に犯人が片づけることもできるでしょうけれど」

「そのために、これを使います」

桃花は長几から蒸した米ともち米を手にとった。

「それは、まさか病児の時のように毒の検査を？　あなたはいまご自分で、首の傷が致命傷だと言ったではないですか」

「致命傷はそうです。しかしあれはみずから突いた傷ではない。なのに遺体に抵抗のあとはなく、傷の角度にも不自然さが見られない。――可能にするにはどうしたらよいと思います？」

問われ、延明は頭の中で人形劇のように高莉莉と犯人を動かしてみる。

――高莉莉を油断させ、不意をついて小刀で突く？……いや、これではだめだ。

どんなに不意をつかれようとも、反射的に身を引くなりして、高莉莉にいくらか動きがありそうなものだ。死体に驚きや苦悶《くもん》の表情もないし、傷の角度にも不自然な点が出そうでもある。

「……犯人が忍び入ったとき、高莉莉が眠っていた……というのはどうです？　眠る高莉莉ののどめがけて、慎重に、角度を気にしながら小刀をぐっと突き刺す。その後、完全にこと切れる前にためらい傷を偽装、凶器を手ににぎらせる」

どうだ、と自信をこめて言うと、桃花は黙々と毒検出の作業をすすめながら、

「ようはそれに近いことが起きたのだと思います」

と答えた。

「高莉莉さんは抵抗できない状態であった。犯人には偽装をするだけの余裕があった。おそらくはそういうことなのだと。問題は、その抵抗できない状態がなにであったのかというところです」

「縛られていたような形跡はないことから、寝ていたのか眠らされていたのか、と考えるわけですね」

「その通りです」

毒物検出の準備が終わる。今回は簪《かんざし》を使わないようだった。ただし、蒸し米の団子は歯の外側だけでなく、のどの奥にもつめていた。

「延明さま、わたくし、まえに冶葛《やかつ》について話をしたかと思います」

「ああ一寸《いっすん》を服すればたしか」

記憶を思い返し、あっと思った。

「……一日、失神する」

「なんだって？」

「甘甘殿……これは大ごとかもしれません」

口の中が一気に乾く。冶葛。冶葛だ。桃花は冶葛の使用を疑っている。冶葛一寸で気絶させれば、ゆっくりと自害の工作ができる。

そして冶葛は、あの病児が自害に使った毒物とみられているのだ。どうやって入手したのか、そしてなぜ服毒して死んだのか、それらはいまだに解明されていない。

「もしかしたら、病児も殺されたのかもしれません」


一時のあと、とりだされた団子は二種の動物に与えられた。

団子を食した鼠は悶《もだ》えたのち痙攣《けいれん》を起こして死に至り、豚は昏倒《こんとう》したのち夜半に起きあがった。

中宮で薬物をあつかう中宮薬長に確認したところ、人であれば致死量に満たないだろうということであった。

＊＊＊

「まさか刺殺とはね。病児の件もかなり怪しい、か」

薬研《やげん》で鶏舌香《ちょうじ》をごりごりと粉末にしながら、点青が言う。

なぜその作業を私の室でやるのか、と延明は思ったが、言うのはやめた。どうせ無駄だ。この青い目の宦官《かんがん》はひとりでいることが苦手だ。いまもまだ皇后のそばに侍《はべ》る許可が得られないので、暇つぶしと情報収集を兼ねてここにきているのだろう。

「高莉莉と病児に接点なんてあったのか？」

「病児は三区の担当をしていましたが、特にこれといってふたりが仲よくしていたようなことはないようです」

病児は性格の悪さから多くの女官に嫌われていたし、病児も女に興味のある者ではなかった。甘甘とともに調べてみたが、やはり業務以上の関わりを見たという者はいなかった。

「共通点は冶葛だけってことか。冶葛というか、すなわち犯人だな。しかし動機はなんだろうなあ」

今度は粉にした鶏舌香をすり鉢にうつし、蜂蜜《はちみつ》をわずかに加えて練りながら首をかしげる。点青がつくっているのは吐息を香らせる丸薬だ。彼は皇后に侍る際、この丸薬で口を常に香らせている。

「病児はだれに殺されてもふしぎじゃないやつだったが……。その病児を殺したいと思うやつに、さらに高莉莉を刺すような怨《うら》みがあるもんだろうか」

「どうでしょう」

謎は深まるばかりだ。

だが動機がわからずとも、延明としては冶葛を内廷に持ちこんだ方法さえわかれば、そこから切り崩せるとふんでいる。犯人単独で薬草や毒草のたぐいを持ちこめるほど警備は甘くないからだ。かならず入手にかかわった者がいるはずで、それさえあたりをつけてしまえば、あとは情報を吐かせる方法などいくらでもある。

「しかしなんにせよ、あとは掖廷《えきてい》の仕事です。犯人の捜査と捕縛は私たちの職掌ではありませんよ」

「まあ、やることはやったしな」

高莉莉の件はすでに他殺として大々的に発表され、捜査が始まっている。自害という発表であったなら、どうしても死王の件と関連づけてのうわさが広まることは免れなかっただろうが、それは回避することができた。女官たちは死王よりも鮮烈な『刺殺』という言葉に飛びついている。

それに猫だ。

「なあ、その猫はどうするんだ？」

延明の視線をたどって点青が訊《き》いてくる。ふたりの視線の先にあるのは、大きなかご。中で「なーお」と鳴くのは件《くだん》のオス猫である。高莉莉の房《へや》の床下でようやくみつかった。

「殺すのも憐《あわ》れですから、城外に出すことにしました」

「はあ？　おまえが憐れなんて思うわけがないだろ。乱心か？　いや待てよ……ははーんそうか、老猫女官だな」

「…………」

「おまえも丸薬いる？」

「いりません」

「でも今日が最後だろ、毎晩会えるのも」

桃花は明日《あした》、梅婕妤《しょうよ》のいる昭陽殿に帰される。

延明は点青を室から追い払ったのち、我知らず口角を下げた。


その夜、桃花がすっかり眠りについたころ、いつもより遅い時間になってから延明はやってきた。

物音でなんとなく来訪には気がついたものの、起きるのもおっくうだったので、桃花はしばらくそのままうとうとすることにする。どうせそのうち、いつものあの声で桃花を呼んで起こそうとするだろう。

近くに延明の気配を感じながら、夢と現実をのんびりと行き来する。

ところがふしぎなことに、いつまでたっても「桃花さん」と呼ばれない。

ではこのまま朝まで眠っていようかとも思ったものの、いつもと違う様子の延明に、なんだか落ち着かない気分になった。

それに違うと言えば、匂いもちがう。

いつもは中宮で焚《た》かれている香の移り香《が》がかすかにする程度だが、今夜は衣服自体にしっかりと焚き染めてあるように思う。それも、ずいぶんと複雑な調合の香だ。中宮でなにかあったのだろうか？

「——延明さま？」

しかたがなしに体を起こす。

延明は、牢《ろう》の中で格子にもたれるようにして座っていた。

「どうして起こしてくださらないのでしょう？」

「おや、睡眠至上主義のあなたが起こしてほしかったとは知りませんでした」

延明の顔にはいつもの胡散臭《うさんくさ》い微笑みが貼りつけられていたが、今夜はどこかそれも力ないように見える。

「もしかして、どこか身体の具合でも悪いのでしょうか？　今日はもうお休みになったら……」

「ようやく起きたと思ったら、追い返すのですか」

「なぜ怒るのでしょう……？」

桃花は困惑した。今夜の延明はやはりおかしい。

延明はそれには答えず、桃花の前に小ぶりな鼎《なべ》を、そして小皿や匙《さじ》などを用意した。

鼎のふたを開ければ、封じられていた湯気と香りが一気に広がる。羊肉と香味野菜の羹《あつもの》だ。いつもよりずいぶんと手がこんでいる。

「いただきます」

羹はまだ十分に熱かった。ふうふうと冷ましながら匙で湯《スープ》をすする。羊の臭みは丁寧な下処理と香味野菜によって、深みのあるうま味に変わっていた。羊肉は骨つきでやわらかく、箸《はし》を入れればほろりとほぐれる。

「……おいしいですわ」

「それはよかった」

「ところで、あの猫はどうなったのでしょう？」

高莉莉の遺体から毒を抽出している待ち時間に、床下から見つかった猫だ。延明が容赦なく毒団子の実験体にしようとするので咎《とが》めたのが桃花だった。なかなか肥えていたので、殿舎のだれかが大切に世話をしていたのだろうと思う。もし李美人やその侍女たちの飼い猫であったのなら、さすがに憐れだ。

「あれなら、折よく城外で米蔵を守る猫が欲しいという者が見つかりましたので、そちらにゆずることになりました」

「そうでしたか。ありがとうございます」

礼を言うと、また夜の闇と無言の静けさがふたりのあいだに横たわる。

どうかしたのだろうか、と疑問に思いつつも、桃花にとって特に居心地の悪いものでもない。気にせず食を進めていると、延明が悩ましげなため息をつく。

「……あなたには、私はどう見えているのですか」

桃花は瞬《まばた》いた。

「はぁ、どうとはなんでしょう？」

「人は私たち宦官を家畜と同等に扱います。それどころか宦官同士でさえその序列をもって、たまった鬱憤《うっぷん》のはけ口として罵《ののし》り、暴力をもって飼いならすことも日常です。まあ、容貌《ようぼう》がよければ妃嬪《ひひん》の愛玩《あいがん》動物として食うに困らない生活ができる場合もありますが。我らの日常とは、侮蔑《ぶべつ》、凌辱《りょうじょく》、暴力に満ちている。そういう存在なのです」

淡々とした口調だった。

けれどその無機質な声こそが、押し隠そうとする慟哭《どうこく》の大きさをしめしているようで、桃花は内心うろたえた。油燭《ししょく》を灯《とも》しっぱなしだというのに、『妖狐《ようこ》の微笑み』はすでに跡形もない。

「私は――」

延明の声が一瞬つまる。

「そのような存在になり果てました。落とされたのです、冤罪《えんざい》によって」

相づちを打つかわりに、そっと彼の背をさする。

延明は、切りつけるようなまなざしで桃花を見た。

「私はもはや人ではない。男ではない。それなのにあなたは、私をひとりの尊厳ある人として扱うではないですか。男子だとも言った。そのくせ、私がそばにいようとも無防備な顔をして平気で眠っている。こうして、容易に触れてくる。いったいなんなのですか」

「あの……延明さま。もしや、なにかわたくしのことを責めていらっしゃる……？」

「屈辱です」

「ですから、なにが」

延明は、ついとそっぽを向いて答えない。

桃花はしばし思案して、綿じきの下から万華鏡をとりだした。

「……それは？」

「祖父の形見です」

「ああ、検屍《けんし》官だったという……」

幼いころ祖父にもらった、桃花の宝物だ。

祖父にまつわる物も、入宮の際に桃花が持ちこんだ物も、たったひとつ。これっきり。

「祖父は言っていましたわ。この円柱も、ある者が見れば四角く、ある者が見れば円いのだと。見る者、その立ち位置や見方によって、見え方というのはまったく変わるものなのだと」

延明に手渡すと、彼は片目にあててゆっくりとまわした。

「延明さまは、ご自分が周囲からどう見えるかを気にしておいでなのですね？　しかし他人からどう見えているかなど、案外些末《さまつ》なことなのですよ。四角いと言われれば真実四角くなるわけではありませんもの。大事なのは、己が何者であるかを知っていることなのです。――なんて、これは祖父からの受け売りなのですけれども」

「……よい言葉ですが、私がききたいのはそういうことではない」

「わたくしから見た延明さまは、そうですね……。はじめは、見た目はきれいだけれども笑顔が嘘くさくて腹黒そうなお方だと思っていました」

正直に言うと、延明はぐっとのどになにかがつまったような顔をした。

「印象がすこし変わったのは、掖廷令《えきていれい》・甘甘さまの件で協力をあおぎにいらしたときです。あのとき、延明さまはご自身の身の上を話すことで、わたくしの同情をひこうとなさいましたね？　そうして協力をさせようと」

「あなたは、それをわかって……」

「ええ。それが延明さまの作戦であったのだということも。けれどもそれは裏を返せば、恩人のためなら身の内に抱える深い傷すらさらしてもかまわないのだという覚悟ではありませんか。義理堅く、情のある方だとお見受けしました」

延明はなにかを言おうと口を開きかけ、結局やめて片手に顔をうずめた。

「けれども、人というのは万華鏡以上に複雑で多面的です。わたくしがどう見ていようとも、それが延明さまの真の姿とはかぎらないのですわ。これでご納得いただけましたでしょうか？」

「…………ええ。ええそうですね。私がききたかったこととは大分それていたように思いますが、それでいいです。いまは」

そう言って弱りきったように笑う。

つられて桃花も笑うと、延明はどこかくすぐったそうな顔をした。こうして仮面をとり払った延明のほうが、よほどよい顔をしていると桃花は思う。

「そういえば、今夜の延明さまはとても素敵な香りをまとっていらっしゃるのですね」

「まあ……ちょっとしたつき合いで。とくに意味はないのですが。——桃花さんはやはり香が好きなのですね」

「やはり、とは？」

「高莉莉の房を調べたときも、香炉を物欲しそうに眺めていたので」

物欲しそうに、といわれて桃花は首をかしげた。

「あれはあまりに灰がきれいにならされていたので、奇妙に思って見ていただけですわ」

「灰がならされていては奇妙なのですか？」

「燃えカスもなにもなく、まっ平らに灰をならしておくことはまずありません。高莉莉さんがお持ちだったのは丸く練った香でしたので、灰は中心に向けてなだらかな山状に盛りますし、炭や香の燃えカスもそう簡単に捨てたりなどしません」

妃嬪から下賜されねば手に入らないほど高価な物だ。それに灰になってもまだ十分に香る。燃えカスを捨てるなんて、女官としては言語道断だ。

「高莉莉さんは冶葛《やかつ》で意識を奪われ自害の工作をされたと思われるのですが、冶葛をのまされたからといって、一瞬で意識がなくなるわけではありません。わずかの間は意識朦朧《もうろう》としながらも動けますので、その際に香炉をひっくり返したのではないかとも思ったのです」

「なるほど。そして香炉の灰のことなど知らぬ者——女官ではない何者かが香炉を起こし、こぼれた灰をかたづけた、ということですね……？」

「あくまでも仮説のひとつです。断定はできませんわ。高莉莉さんが日常生活の不注意で灰をこぼし、適当にかたづけたという可能性も皆無ではありませんから」

「いえ、よい情報です。甘甘殿に伝えておきます。かならず調査の役に立つでしょう」

「はやく犯人が捕まるとよいですね」

それから桃花はふたたび羹《あつもの》を口に運んだ。今夜の差し入れはいつもよりも量が多いように思う。

「食べるのに時間がかかりそうですので、お帰りになってくださってけっこうですわ」

「あなたはそうやって、すぐに私を追い払おうとする」

気分を害したように、延明はため息をついた。

「桃の花は、羽虫が枝で休むことすら許しませんか」

「羽虫などと自らをおとしめる言葉は、わたくし好きではありませんわ」

「私はまだ、己が何者であるかがわからないのですよ。虫なのか家畜なのか、はたまた人なのか。せめて虫でないというのなら、どうか払わないでください」

延明はそう言うと、あとは黙って万華鏡をのぞきこむ。

居座る気だな、と思ったが、桃花はもうなにも言わなかった。

ただ、おたがい黙して話さず、狭い牢《ろう》の中にいる。

奇妙な光景だったが、それも悪くない。そんな気もした。

第四章　罪

「聞きました？　おととい、女官が殺されたって話」

「あぁ、おとといじゃなくてその前の夜らしいわよ。だれかに首を刺されてーってやつでしょ？　珍しいわよね」

客人が手土産に持ってきた乾果《カンクワ》を酒と湯でふっくらともどしながら、梅婕妤《ばいしょうよ》の侍女・才里《さいり》は答えた。

客人というのは呂《りょ》美人で、話しかけてきたのは呂美人に従ってきた女官のひとりだ。言うまでもないが客といっても才里の客ではなく、この昭陽殿《しょうようでん》の主《あるじ》、梅婕妤の客人である。

「珍しいですか？　女官や宦官《かんがん》なんて、わりとほいほい死んでいる気もしますけど」

「餓死だの病死だの、あとはよくわからないアヤシイ死にかたは多いけど、刺されて殺されるっていうのは珍しいわよ。犯人がまだ捕まらないっていうのは、もっと珍しいわ。ふつう返り血でわかっちゃうじゃない？　あたしらは着がえなんてそうたくさん持ってるわけじゃないんだから」

言うと、呂美人の髪結い係りは「あっ」と口を開けた。

「じゃあ、犯人は妃嬪《ひひん》さまのだれかってことですか⁉」

「やだ変なこと言わないで。妃嬪なら自分の手を汚すようなまねはしないわ。だれかに命じて殺すにしたって、刺殺なんて目立つことするはずないじゃない。もっとバレない方法はいくらでもあるもの」

　気にいらない女官を始末するために妃嬪がよく使うのは、罪を着せる方法だ。やれあいつに簪《かんざし》を盗まれた、玉を盗まれた……。窃盗はだいたいが杖刑《じょうけい》か笞刑《ちけい》だが、刑吏に賄賂《わいろ》が渡れば打たれ打たれた女官は死亡する。それにそこまでせずとも、杖《つえ》に打たれ笞《むち》に打たれた女官は、暴室に入れられ粗末な食事と不衛生な環境のなか労働に駆り出されているうちに衰弱死する。

「あたしは三区の女官って聞いたから、てっきり死王関連の面白話だと思ったんだけどなあ。残念、ただの刺殺じゃ怪談にならないわ」

「面白話って……」

　髪結い係りは苦い顔をした。

「私たち、けっこう怖がりなんです。面白くもなんともないですよ、死王の件は本気で怖かったんですから」

　お、と才里は思った。彼女の表情にはずいぶんと実感がこもっている。

「怖かったって、なにか体験したの？」

わくわくしながら訊《き》いてみる。殿舎に隠された身である才里にとって、色恋話のほか、こういった怪談奇談うわさ話をあつめることが唯一の楽しみだった。

呂美人の髪結い係りは、「じつは」と一応周囲の目をはばかってから口を開いた。

「夜に殿舎のまわりで変な声がしていたんです。李《り》美人が亡くなった後あたりから……、こう、くぐもった赤子の泣き声みたいなものが……」

「赤子？」

「そうです。はじめは遠くからときたまに聞こえるなぁ、くらいだったんですけど、それが日が経つごとにだんだん近づいてきているような気がして……。呂美人さまに相談したら変なこと言うなって叱られてしまうし、司馬《しば》姐《ねえ》さんに相談しようとしても、ものすごい剣幕で叱られてしまうしで……」

「あ、司馬さんって、竹のような美男女子！」

呂美人が実家から連れてきた侍女で、呂美人とは女同士の恋仲だという女官だ。

「そりゃあダメでしょ。怪談を口実に司馬さんと仲よくなっちゃおう大作戦だと思われるに決まってるじゃない。呂美人はまだ十六とはいえ、やっぱり女の嫉妬《しっと》は怖いわよ。それこそあんた、罪を着せられて暴室送りにされちゃうから、気をつけなさい」

「そ、そう、ですよね」

注意してやったが、髪結い係りはもじもじと未練がましい顔をのぞかせる。こりゃダメだ、と才里は思った。どうやら実際、そういう思惑もあったらしい。

「――で、怖かったって過去形で言うってことは、その変な声とやらは収まったってことよね？」

「はい。これもあまり大きな声では言えないんですが、じつは皇后さまから護符をいただいたんです」

そう言って、深衣の帯の下から小さな木牌《ぼくはい》をとりだした。

「わざわざ私どものために廟《びょう》へ参り、これを得てきてくださったそうです。さすがは天子さまのお后《きさき》ですよね、徳が高くていらっしゃる。以来すっかり声は聞こえなくなりました」

へーえ、と相づちを打ちながら、才里は来客用の器をさがす。呂美人が持ってきた乾果は竜眼《リュウガン》という果物を干したもので、このあたりでは採れない高級品だ。竜眼の価値に負けない立派な器を選ばねば、梅婕妤にあとで叱られる。

「おいしそうですね」

「どんな味がするのかしらね？　あたしも食べてみたいわ。呂美人の侍女なら、たまにおこぼれがもらえたりするのかしら？」

「そういえば、夏に呂美人さまのご実家からたくさんの茘枝《ライチ》が送られてきた時には、いくらかいただけたらしいです。あれは足がはやいので。私のような下っ端じゃさすがにムリですけど」

「あー婕妤さまもいただいて食べてたわね、あれ。夢のような食べ物だわ」

呂美人の父は豪農出身の高官だ。昨年のはじめ、国家財政を管轄する大司農《だいしのう》を拝命し、それと同時に娘を入宮させた。

豪農出身とあって、帝《みかど》に地産の高級果実をよく献上していて、酒のような酩酊《めいてい》効果のある檳榔《ビンロウ》などは、帝にいたく気に入られていると聞く。

「よし、できた。これでいいわ。じゃあこれを席に運ぶまで、ふたりで匂いだけでも満喫しましょ」

厨《くりや》を出ると、垂花門ごしに院子《にわ》の木々と、その枝葉の向こうにわずかに露台が見える。主人と客人はその露台で琴を奏でて遊んでいた。

ふたりともそこそこの腕だが、遊びの域を出ていない。自分のほうがよほど巧《うま》い、と才里は思った。

才里は地方官吏を父に、その妾《めかけ》であった楽妓《がくぎ》を母に持つ。母ゆずりの優れた容姿と楽才で入宮にまでこぎつけたのだ。それなのに、帝の前で楽を奏でることもなく、舞いを披露することもなく、あっというまに蜘蛛《くも》の糸に捕らわれてしまった。それをいまでも悔しく思う。

機会さえあったなら、きっと帝の寵《ちょう》をうけることができたはずなのに。

「……あーあ、あの子みたいにいまの状況に満足できたら楽なんだけどなあ」

「才里さん？」

「なんでもない」

そう言いつつ厨をふり返り、水場の隅で青菜を洗っている女官へと視線を投げかける。

名の通り、桃の花のような顔立ちをした女官で、本来は菜洗いなどしなくてもよい立場——梅婕妤の侍女であった。

すこし前に流行《はや》り病の疑いで暴室へと連れて行かれ、今朝ケロッとした顔で帰ってきたのだが、病だった者をそばにおきたくない主人によって異動を命じられ、現在、厨係りである。

かなりの転落なのだが、平然と眠そうに仕事をしていた。彼女にはおそらく不平不満という概念がない。

「変人ね。あたしはふつうだわ」

桃花《とうか》のような変人ではないし、帝のような年配者に触れられるのを恐れるような初《う》心《ぶ》でもない。恋人がいたのに強引に入宮させられ、引き裂かれた恋人に操をたてるような立場でもない。

——ふつうに、寵を得て出世したい。

そのためには梅婕妤から解放されなければならない。

ああ、はやく後宮の勢力図が変わらないかなぁ、と、皇后からもらった護符を大事そうに押し抱く女官を見つつ、才里は思った。

＊＊＊

宦官《かんがん》の朝は早い。

下級であればあるほどだれよりも早く起き、静かに身じたくをすませ、師父ともあおぐ上司を起こさなくてはならない。その上司が妃嬪や皇后につかえる立場であれば、なおである。上司は后妃たちより早く起きねばならないからだ。

「おはようございます、延明《えんめい》さま」

か細い声に目を覚ます。延明が世話をしている童子の声だった。

「……延明、か」

まだ暗い臥牀《ねどこ》で身を起こしながら、延明はその名前を口のなかで反芻《はんすう》した。

親がつけたものではない。孫《そん》延明のもとの名を、孫利《り》伯《はく》という。腐刑を受けた際、この名はもういらないだろうと、当時蚕室で働いていた病児《へいじ》が勝手に改名した。

それも死罪から一等減じられた彼に向かって、『延命』と。

あれはそれからはじまる数々の屈辱のひとつめにすぎなかったが、当時の泥にまみれるような昏《くら》い感情は忘れもしない。

『延明』となったのは、腐刑の傷がふさがり、まともに働けるようになった後のことだ。東宮に配属され、太子によって『命』の字をあらためられた。あのときはもう『命』だろうが『明』だろうがどうでもよいとすら思ったが、身分を回復したのちも名をもとに戻さずにいるのは、意地のひとつでもあるのかもしれない。

　おそらく自分はこんな微笑みの仮面をかぶりながらも、孫利伯はもう死んだのだと、殺されたのだと、血を吐くほどにだれかに訴えたいのだ。

「延明さま、水とお着がえをお持ちしました」

ごと、と盥《たらい》を置く音がする。見れば、衝立《ついたて》の向こうからわずかに童子がこちらをうかがっていた。

「こら、いけませんよ。きちんと見えない位置から声をかけなさい」

「あっ、はいすみません……っ、あの、あまりにきれいだったもので……」

「言い訳はよいです」

　盥を近くまで持ってこさせて顔を洗い、髪をほどいて童子に洗わせる。小さく、すっかりあかぎれた手だ。この童子は腐刑を受けたわけではなく、去勢のうえ地方から献上された物品だった。点青のように目が青いといった特徴はないが、たしか戦収された異民族なのだと言っていた。

――憐《あわ》れなことだ……。

宦官の『宦』とは神に仕える奴隷という意味を持つ。宦官になった時点で、まぎれもなく奴隷なのだ。それは死ぬまで変わらない。

髪をよく拭《ふ》いてひとつにまとめ、袍《ほう》に着がえて宦官帽をかぶる。桃花と最後にあった夜、なんの気の迷いかしっかりと焚《た》き染めた香は、いまだほのかに香っていた。

「あの、延明さま、今日なのですが……」

もじもじとしながら童子が切りだす。

「験宝《けんぽう》の日……なのです」

「ああ、そうでしたね。壺《つぼ》は持ってきましたか？」

延明は童子が差しだした壺の封をとき、その中に帛《きぬ》で包んだ黒銭《わいろ》を入れた。

本来であれば、ここには腐刑の際に切りとった物が入っていなければならない。これを宝《パオ》と呼び、昇進の際や異動の際に検閲が必要となる。また、特にこの童子のように幼いものは、切りとった局部が成長とともに生えてくる場合があるので、年に一度の身体検査もあった。今日がその日だ。

「すみません。ぼく、ご迷惑をおかけして」

「迷惑なのは、他人の宝を盗んだどこかの手癖の悪い輩《やから》です」

この童子の宝は、延明のところへ配属される前に盗まれてしまっていた。

宝は宦官にとって重要なものだ。昇進に必要なだけでなく、冥府《めいふ》の王である閏王《ジュンワン》は子孫繁栄を捨てたものを許さない。宦官は死後、納棺の際にこの宝をもとの位置に戻さなければ、来世は人間にしてもらえないのである。

そのぶん価値があり、盗難や転売が後を絶たない。

「気にすることはありませんよ、袖《そで》の下でなんとでもなることです」

ほんとうならば身体検査も免除してやりたいところだった。成人後に腐刑となり、しかも内廷にある蚕室で受刑した延明は受けたことがないが、想像するだけで吐き気をもよおす。

しかし、東宮に行き来でき、その寝宮にまで踏み入ることを許された延明であっても、それはできないのだ。あくまでも役職としての肩書きは中宮尚書。皇后の文書係りでしかない。

――せめて宦官ではなく女官であったなら、これほどの屈辱を受けずに済むだろうに。

憐れに思いながら、盥を掲げてさがる童子の背を見送った。

皇后のもとへと呼ばれたのは、昼をわずかに過ぎてからのことだった。

残りの仕事をほかの尚書に頼み椒房殿《しょうぼうでん》へと赴くと、そこには掖廷令《えきていれい》・甘甘《かんかん》の姿もあった。掖廷は少府《しょうふ》の所属、すなわち皇帝のものである。これはかなり珍しい組み合わせと言えた。

延明が両袖で顔をかくすように揖礼《ゆうれい》しながら進み出ると、すぐに御座から「免礼」の声がかかる。

「まず延明、女官らに配っている護符の件だが好評のようだ。そちの働きに礼を言う」

「礼などには及びません。娘娘《ニャンニャン》の徳の賜物《たまもの》と存じます」

主君が臣下を褒め、臣下はそれを遠慮する。形式的なやりとりだ。延明としてはこれが長引くと面倒でしようがないのだが、この点、許《きょ》皇后はとても合理的である。鉄面皮でさっさと流して本題に入ってくれるからありがたい。

「さて、そちをここに呼んだ本題だが、先日の女官殺害の件なのだ。後宮で起きた刃《にん》傷沙汰《じょうざた》ということで、帝《みかど》は大変憂慮していらっしゃる。掖廷は尚早に解決するようにとのお言葉を賜ったようだ」

これに甘甘が揖手《ゆうしゅ》を頭上に掲げるようにして肯定する。

「だが後宮の監督者はこの本宮《わたくし》である。今回の件、場合によっては本宮に責任がないとは言い切れぬ。よって万全を期し、中宮からも人員を遣わし、捜査の協力をさせることとした。——延明」

「はい」

「そちを掖廷につかわす。掖廷令・甘甘と協力し、犯人を捕らえ、また、仔細《しさい》報告をせよ。自害を偽装と見破ったそちなら、必ずや成果を挙げることと期待している」

「は、しかと承りました」

甘甘とともに御前を辞して椒房殿を出たところで、廊下で待っていた点青《てんせい》に袖を軽くつかまれた。

「太子さまのご意向でもあるらしいぞ、おまえの派遣」

なるほど、と思う。

まだ返事はしていないはずだが、すこしずつ延明を手もとにもどすための準備をしておこうというわけか。表舞台に立たせる前に実績を積ませておけば、将来的に登用する際に反発も受けにくい。

点青はそれだけを告げると、入れちがいに中へと入っていった。

延明は出向のための準備を童子に命じ、ひと足先に、甘甘とともに掖廷へと向かう。

「ところで、あの官奴《かんど》は連れてこないのかね？　桃李《とうり》くんといったか」

「ええ。仔細は話せませんが、あれは秘蔵なのです。簡単には動かせない場所にいることですし」

「ふむ、なにやらずいぶん事情があるようだ。詮索《せんさく》はしないがね。正直なところを言えば、ぜひとも検屍《けんし》の知識について、われわれ掖廷で講義を願いたいところではあるのだが……」

「いつか機会がありましたら。で、調査のほうはどのていど進んでいるのでしょう？」

あまり桃花についてつつかれないうちに、矛先を変える。

「掖廷までの道中に把握しておきたいのですが」

「ああ、その件だが、恥ずかしながら大きく進展しているわけではないんだよ」

そう前置きしてから、甘甘はわずかに声を潜める。

「だが、おなじく冶葛《やかつ》が使われたとみられる病児のほうは、若干の動きがあった。どうやら金が動いていたのではないかという情報がでてきてね」

「金ですか」

「病児が先月、絹の肌着を数枚注文していたらしい。あとはまぁ、貴石を使った……言うのもはばかられるような道具も、かなりの数とり寄せている」

「おやまあ、死んで正解でしたね」

「そう言うな。気持ちはわかるがな。で、まだ納品前だったせいかその金は結局支払われずじまいだったようだ」

「なんにせよ、病児はなにやら大金を受けとる予定があったということですね。あるいはすでに受けとっていたのか」

購入品の額からして、病児の俸給で支払えるものではない。それほどの金がいったいどこから動いたのか、なぜ動いたのか。問題はそこになる。

「甘甘殿に殴られたなどと言う偽証をだれかにたのまれた、その見返り、とも思えませんしね……」

「うむ。私をおとしめることに報酬を支払うような人物はいないと思うのだ」

「失礼ですが、こういうのはどうでしょう。病児は殴傷の件で甘甘殿を強請《ゆす》るつもりだった、購入した品の支払いは、そこからする算段だった」

「ははあ、それで強請られ困った私が病児を冶葛で始末した、と。だがいくら強請られても、病児が注文した品の代金を払えるほどのたくわえはないな」

気を悪くした様子もなく、甘甘は笑った。

「失礼しました。念のため申してみただけです」

「いやかまわんよ、忖度《そんたく》のない議論が必要だ。しかし病児の件もまだまだ謎だが、高《こう》莉莉《りり》の件も見通しが立たんな。こちらは特に金が動いた形跡もない。房《へや》に高価な品こそあったが、これらは李美人が下賜したものだという裏づけもとれている」

「共通点は三区、冶葛、ですか……」

三区は呪われている。

そんな言葉が脳裏をよぎった。

＊＊＊

厨《くりや》はとにかく忙しい。

朝、夜明け前からかまどに火をおこし、粥《かゆ》の準備をする。並行して、朝餉《あさげ》の準備である。当然ながら、それよりまえに起きて身じたくをすませなくてはならない。

「でもねえ、これでもよその妃嬪《ひひん》さまのところよりは、ゆっくりできているんだよ」

そう言うのは厨を仕切る良使《りょうし》だ。三十路《みそじ》を越えた下級女官で、彼女のほかはみな女官にも満たない宮女である。

「皇后さまのところへご機嫌うかがいのあいさつに行くような妃嬪さまは、早起きだからねえ。その点うちの婕妤《しょうよ》さまは遅起きだよ。まあ、いいか悪いかはさておいてだけどねえ」

こっくりこっくりと舟を漕《こ》ぎそうになりながら、桃花はかまどに焚《た》き木をくべて、火おこし棒を吹く。ぶわっと煤《すす》が舞った。

「あらあらひどい顔になっちまって、だいじょうぶかい？　あー、せっかくの上等な深衣ももったいないねぇ。だれか、代わってやんな！」

良使が指示すると、てきぱきと動く宮女が桃花のもとへやってくる。

「代わるよ」

「あの、では仕事ではなく、衣を交換していただけますか？」

桃花は深衣をさっと脱いだ。厨仕事などはじめてなのだ。自分ではどうしても汚してしまうので、高い衣はもったいない気がする。

宮女は戸惑いと歓喜が同居した奇妙な顔をした。

「まさか、あたしの衣と？ そんなばかなこといいの？ あたしの衣、麻なんだけど。無地だし……」

「わたくしの深衣もべつに絹というわけでもありませんし、染めも汚れてしまえば見えなくなってしまいます。それにそちらのほうがとても動きやすそうですので」

侍女であった桃花の衣のほうが、無位の宮女が着ている物よりもずっと高価だ。手が空いたときにだれかに売れば、麻の深衣だって数枚手に入るだろう。ただ桃花にはそういった伝手《つて》がないので、できればいま交換してほしいと思う。

「ご迷惑でしょうか？」

「い、いやまさか！ 交換するわ。あとで返してって言わないでよね！」

交換成立だ。

桃花の深衣に袖《そで》を通した宮女が、わずかに頬を染めてくるりとまわって見せる。羨《うらや》む声が上がった。

「ほらほら、浮かれてないで仕事しな！——あんた、いいのかい？　このさきまた侍女に戻れるかもしれないってのに」

「その頃にはあの衣もまっ黒になっていますわ。厨仕事ははじめてで、どうも勝手がわかりません」

「かわいそうにねえ。隠されたあげく、こんな格下げだなんて……。婕妤さまも無慈悲をなさる」

良使はしゃべりつつも、つぎつぎに俎《まないた》の肉を手際よく捌《さば》いていく。いっぽう桃花といえば、まだ火を大きくできずにいた。

「だから、代わってもらいなって」

「いえ、仕事を教えてください。わたくし、ここを追い出されるわけにはいかないのです」

ほんとうならば労働はしたくない。ごろごろのんびり、夢の中へ現実逃避が桃花の幸せだ。

けれど万が一、侍女であったことに胡坐《あぐら》をかいてなまけ、梅婕妤から見限られてしまったら……？

おそらくその可能性は低いだろうが、皆無というわけではない。

いまの桃花は暴室での労働で手足は汚く染まってしまっているし、顔も汚れでまっ黒だ。これなら帝《みかど》の寵《ちょう》争いになんら危険なし、と判断されてしまう可能性はあるのではないか……そんな恐怖がある。

「仕事が遅くてすみません。教えていただければ必ずできるようになりますから……」

「頑張るねえ。あたしとしちゃあ、あんたはかわいい顔をしてるし、どっかべつの殿舎に行ったほうがよっぽど出世できると思うんだけどねぇ。きれいにすればお手がついてもおかしくないと思うし」

「わたくし、出世は望みません」

「ははあ、隠されてることに恩を感じている娘かい。——ああ、あんたそれじゃダメだ、まずはもっとちっさい枝からはじめるんだよ。火が消えちまう」

良使は庖丁《ほうちょう》を置き、桃花が突っこんだ大きな薪《まき》をとりだした。

「いいかい、焚き木置き場をよく見な。枝の太さによって分けてあるだろ？」

「はい」

たしかに、官奴《かんど》が運んでくる焚き木は数種類に分けておかれていた。一番細いものは、ところどころ枯葉も枝に残ったひょろひょろの小枝、隣へ行くごとにだんだんと太くなる。もっとも太いものは桃花の手首ほどの薪で、なかには腕より太そうなものもあった。

「太いのは火がつくのに時間がかかるから、まずはちっさいのから火をおこして、だんだんとおっきいのを燃やしていくんだ。そのあとは、おっきいの同士をくっつければ火が大きくなるし、反対に離せば火は小さくなる」

良使の指示通りにやりなおす。桃花にとっては料理などもっと無理難題なので、かまど係りくらいはこなせるようになりたいところだ。

火がなんとか使えるほどに大きくなった頃には、火おこし棒をにぎりつづけた桃花の顔はすっかり汗だくになっていた。

「ほら、こっちむいて」

桃花と衣を交換した宮女が、桃花の顔をぬぐってくれる。

「頬のあたり、ちょっとやけどになったんじゃない？　ほんと、見た目はいいのにもったいない」

「桃花は帝との出会いをもとめてないんだってさ」

良使の言葉に、ああ、と納得したような顔を見せる。

「いるよね、ここにはそういう事情の子も。男嫌いだったりとかさ」

「だーから婕妤さまと仲よくやってられるんじゃない」

菜をゆでたり蒸し器を出したりと働きながら、宮女たちがくすくすと笑う。

「婕妤さまは寵争いにすべてをかけてるもの。まあ妃嬪として入宮したならそれがあたりまえなんだろうけどね。李美人みたいに裏切ると、いまは仲のいい呂美人だって陰惨ないじめにあうにきまってるわ」

怖いわぁ、と宮女たちが楽しそうに目を細める。

できあがった粥が良使によって殿舎のほうへと運ばれていくと、まだあわただしく湯気のあがる厨へと、才里がやってきた。

「おはようございます、才里。どうしたのです？」

「おはよ。あのね、あんたの耳房《こべや》、いまはあたしが使ってるんだけど、これ」

才里が差しだしたのは、梅の枝だった。帛《きぬ》も結んである。それが二本だ。

「筆にまぎれて置かれてたから、今朝まで気がつかなかったのよ。あたし筆なんて使わないものだから。ゴメン！」

「気がつかなくて結構です。ちょうどよく火も燃えているのでくべてしまいましょう」

「ばか！　なに言ってんのよ恋文よ⁉　どうせならちゃんと読んでから燃やしなさいよ」

才里が叫ぶように言うと、「なになに」と耳ざとく聞きつけた宮女たちが集まってくる。

「桃花に恋人？」

「あ、だから帝の寵を望まないんだ！」

「なんだ、すみに置けないわねぇ」

注目が集まり、桃花は頭を抱えた。延明も余計なことをする。ただの恋文と思われているうちはいいが、もし皇后側の者と関わっていると知れたなら、桃花の立場はとても危うい。

文をかばうように抱く才里に、わかりました、と桃花はあきらめの息をはいた。

「読みます。きちんと読んでから燃やしますので、ください」

ニヤニヤと楽しげな視線に囲まれながら、しかたがなく文を開く。

「——元気にしているか、とか、書いてあるのはそれだけです」

内容を教えろと言う無言の圧力に、桃花は答える。それどころか才里はちゃっかり横からのぞきこんでいた。女というのはみんなおしなべて、うわさや色恋話が大好きな生き物だ。

「あらほんと、そっけない恋文ね。せっかく前の逢瀬《おうせ》の時には、わざわざ抜けだす協力してあげたっていうのに。進展しなかったの？」

くやしそうな顔で才里が爪を噛《か》む。そもそもそういう仲ではないのだから進展しようもないのだが、と桃花は思う。

「もう。もしまた相手から会いたいって文がきたら、必ずあたしが協力してあげるから、隠さずちゃんと言うのよ！」

「協力などしなくて結構ですわ……」

　それに言うもなにも、文は才里の耳房に運ばれるのだ。つぎもまたこうして横からのぞかれそうな気がひしひしとする。

「ばか、協力なくして逢瀬はなりたたず、よ！　この才里が万事うまくやってあげるから安心しなさい」

　このとき、まかせろとばかりにどんと強く胸を叩《たた》いた才里だったが、結果としてそれは果たせなくなった。

　昼過ぎ、夕餉《ゆうげ》のしたくであわただしい厨《くりや》へと梅婕妤《しょうよ》の女官たちが詰めかけ、ひとりの宮女を強引に連れ去ったのだ。

「まっとくれよ、なにがあったんだい？　その子がなにをしたって!?」

食い下がろうとする良使がふり払われる。転びそうになるのを、桃花があわてて支えた。

　それを冷たく見下ろし、女官が言う。

「こいつは盗人《ぬすっと》だよ。先日、呂美人さまが手土産として持ってきてくだすった高級乾《カン》果《クワ》『竜眼』を、数粒くすねて転売しようとしたことはわかってるんだ」

「あ、あれは、床に落ちていたんです！　盗んだわけじゃ……！」

羽交い絞めにされた宮女が叫ぶ。

「それが事実であっても許されるわけじゃない。獄吏に引き渡す」

そんな、と絶句する中、もう一つの悲鳴が聞こえた。

桃花は打たれたように息をのんだ。

殿舎のほうから髪をつかまれ引きずられてくるのは、見間違えようがない、才里の姿だった。

「才里！　どうして……っ」

「乾果を任されながら、盗まれるという失態を犯した侍女も同罪だよ。ほら、お前たち下がれ！」

桃花は必死に追いすがったが、ひどく打擲《ちょうちゃく》されただけで、才里をとり戻すことはできなかった。

夕餉の後、良使が調べてきてくれたところによると、ふたりは笞《ち》刑《けい》のうえ暴室送りとなったという。

＊＊＊

「やはり怨《うら》みによる犯行だろうか」

「あの病児のことです。その可能性は非常に高いでしょう」

「病児が蚕室にいたころに関わった宦官《かんがん》をしらみつぶしに調べていくか……。香炉の灰の件もある、女官よりは宦官が犯人だと考えて動いた方が早そうだ」

夕餉のあとも、酒をくみかわしながら、延明と甘甘は捜査資料と向き合っていた。

香炉の灰の件とは、こぼれた灰を片づけたのは女官ではない人物ではないか、という桃花の見立てのことだ。

「ですが甘甘殿、そう仮定すると問題となるのは、やはり高莉莉の件です。病児に怨みのある人物が、高莉莉にまで怨恨《えんこん》を抱いていたと考えるのは厳しいのでは？」

「まずふたつの事件は別々に考えてはどうかね。たまたま三区、冶葛《やかつ》という共通点はあるわけだが、たんなる偶然という可能性もあるだろう」

「別々として考えるのならば、香炉の灰の件と病児のほうも切り離すべきです。病児は女官とも問題をおこしていたようですし、犯人を宦官のみに絞るのはどうかと」

「不審人物の目撃証言でもあればよいのだがな」

「難しいでしょうね……」

後宮はそれぞれの区、それぞれの殿舎周辺をぐるりと高い塀で囲んでいるため、日が暮れると非常に闇が深くなる。灯《あか》りのための油は高価だ。死王騒動の際は随分明るくたかれていたが、平素ともなると、塗りこめたような漆黒が果てしなくつづいていた。人が隠れる夜陰など、いくらでもある。

　また、奴婢《ぬひ》や官奴は飢えているものが多く、なにかを見たとしてもわずかな賄賂《わいろ》でいくらでも口をつぐんだ。それに彼らはやっかいごとに巻きこまれるのを非常に恐れる。見たこと知ったことを積極的に証言しようとはしない存在だ。

「病児のほうは、まず金の出所をつきとめましょう。高莉莉のほうはもう一度聞きこみをし、返り血で汚れた人物を見なかったか、高莉莉がだれかとなにか問題をおこしていなかったかを洗うというのはどうでしょう」

「返り血も大きな問題だな。あの首の傷だ、相当な量をあびたはずだが、犯人は汚れた衣をどうしたのか……。下級女官や下級宦官では、着替えを用立てることもできまいし。となると中級以上の階級を持つ者か」

　ちなみに延明も甘甘も、妃嬪《ひひん》は容疑者として考えていない。

　特に高莉莉の自害に見せかけた刺殺というのは、金も権力もある妃嬪がとる手段として、まずないと思われる。

「あるいは、着替えを用立てる資金のある者が手ごまに実行させたかですね。冶葛も安価なものではないようですから、その線が濃厚やも——」

　言いかけて、延明は途中で言葉を切った。

延明さま、と外から童子があわてた様子で呼ぶ声があったのだ。

「どうしました？　入りなさい」

入室の許可を与えると、童子を抜かして飛びこむように宦官が入ってくる。延明の指示で、後宮の諜報《ちょうほう》をしている宦官だった。

「延明さま、大変です！」

「大変なのはわかりましたが、おまえ首筋に紅がついていますよ。身だしなみはきちんとなさい」

「あ、はい……っ」

ごしごしと袖《そで》で首をぬぐいつつ、大変なのですとくり返す。

「だからどうしたのです。冷静に話しなさい」

「はい、あの本日、延明さまに床下の掃除を命じられていた者がおりましたが」

ああ、と思う。高莉莉の房《へや》の下で猫を捕獲したわけだが、その辺に糞《ふん》をされていては困ると思い、掃除と点検を命じたのだ。

「その者が、床下に埋められた箱を見つけたのです。不審に思って開けてみると、中から金や銀の簪《かんざし》がいくつも出てきたそうで……！」

延明と甘甘は顔を見あわせた。

高莉莉の房の下から、不相応に高価な品が出てきた？

「高莉莉の物、ということでしょうね……。しかも床下に隠すくらいですから、李美人からの下賜品とも思えません」

「病児だけでなく高莉莉のほうもどこかから、なんらかの対価を受けとっていたということか」

陰で金子《きんす》が動くとき、それはやましい仕事の対価と相場が決まっている。

――それがふたり。共通点は三区。

延明は座卓にひじをつき、組んだ手の上にうなだれるようにして額をのせた。

「参りましたね……これは、大変なことです」

高莉莉は碧林が死んだとき、ひどく怯《おび》えていた。死王に殺されると。私も死王に呪い殺されるのだ、と。

――あのときなぜ、その意味をもっと良く考えなかったのか。

高莉莉には、死王に呪われる心あたりがあったのだ。

「すべてを解決するには、李美人の三度目の検屍《けんし》が必要です」

急ぎ行われた調査によって、その夜のうちに病児の房の下からも高額な銀粒が入った小箱が発見された。

延明はすぐに使いを出し、皇后と太子に詳細をしらせた。

李美人が亡くなった夜、不寝番をしていた碧林と高莉莉が二名とも死んでいること、うち、高莉莉は何者かから高額な品を受けとっていたこと。

そして李美人がいる三区を担当していた病児という宦官もまた、床下に大金を隠し持っていたこと。不審な服毒死をしているということ。

以上のことから、李美人の死に疑いあり。

李美人は妊娠中毒による病死などではなく、何者かに謀殺されたのではないか。

高莉莉、病児はそれに関わり、報酬として大金を受けとったのではないか。その後、口封じとして殺されたのではないか。

よって至急、李美人の再々検屍を願いたい、と。


　それに対する返書を点青が運んできたのは、翌日すっかり陽もかたむいてからのことだった。

　もどかしい思いで封を切り、巻かれた木簡をひろげる。すばやく目を通した延明は、こぶしで几《つくえ》を打った。

「却下、だそうです……」

「なぜだ!?」

「すでに再検屍が行われており、その際にも謀殺を疑う証拠はなにも出てこなかったため、とのことです」

甘甘も延明も、脱力したように座すしかなかった。

「娘娘《ニャンニャン》も太子も、べつにおまえの報告を無下にしたわけじゃないんだぞ」

点青が壁にもたれながら言う。

「前回の李美人の再検屍は、父親がそれこそ謀殺を疑って必死の思いで嘆願して、やっとの思いで行われたものだったんだ。知ってるだろ？　当然ながら父親は娘の無念を晴らすべく、わざわざ遠方から名高い検屍官をつれてきてこれにあたったわけだ。だが結果として、なにもみつからなかった」

そうだ。そしてその悔しさのあまり、死王などという怪談を宮廷に広めたのだ。娘をいじめていた妃嬪らへの、せめてもの復讐《ふくしゅう》として。

「それだけのことをやって見つからなかった証拠が、つぎ必ず出てくるという保証がない。上奏して希《こいねが》い、葬りなおした妃嬪の墓をまたもや暴いてまでする再々検屍だ。なにも出ませんでしたは許されない。そうなったら確実に帝《みかど》の勘気を買うぞ」

「……そうですね。亡き妃嬪を死後さらに冒瀆《ぼうとく》したとして、梅婕妤《しょうよ》の父親あたりが廃皇后の口実にしかねない」

だが、点青が『無下にしたわけではない』とわざわざ断ったということは、裏を返せば、その危険を冒すだけの材料さえあれば上奏に向けて動かなくはない、ということなのだろう。

「問題は、金の出所ですか」

「ふむ。病児と高莉莉に渡っていた銀粒や簪の額をあわせて考えれば、黒幕は妃嬪か、あるいは父親に財力がある高級女官、もしくは金のある宦官《かんがん》か」

「宦官であった場合、特定がかなり難しいですね」

正規の俸給で言えば、帝の生活をつかさどる少府《しょうふ》の長が秩石《ちっせき》中二千石で、これが宦官の頂点である。次が皇后につかえる侍従長の大長秋《だいちょうしゅう》で、秩石二千石。

どちらも高級妃嬪に匹敵するが、たったの二名にすぎない。

ところが問題は、正規の俸給以外の収入である。内廷において、あらゆる情報や物品は宦官の手や口を経なければ動かない。これを利用して小金をせびる者はあとを絶たず、賄賂で懐を肥やす宦官は少なくない。これらの不正に得た隠し財産を把握するのは不可能だろう。

しかも皇后と太子を動かすならば、黒幕は宦官であろうが妃嬪であろうが、政敵の立場にある者でなくてはならない。

「しかし根本的な話になるのだが、李美人を謀殺して利益のある者などいただろうか」

甘甘がうなると、点青はそこも問題だな、と腕を組む。

「李美人には謀殺されるに足る理由がないだろ。たしかに懐妊こそしていたが、いまさら子を産んだとしてなんになる？　太子はすでに御年二十二歳。二の君は二十歳を迎えて立派に王として冊封されているし、三の君は梅婕妤のところの蒼皇子だが、これもすでに九つだ。李美人の懐妊は玉座を争うには出遅れすぎで、あわてて殺すほど危険視されていたとは思えない」

「梅婕妤とは不仲だったようだが、これも殺されるほど疎まれていたわけではないだろう」

「そうですね」

延明は、昨夜急ぎで作った李美人に関する資料に再度目を通す。

李美人は、諸侯や官吏で非法を犯した者を捕縛する官職・司隷《しれい》の娘だ。入宮後、いくどか帝のお召しがあったようだが、ここ数年はすっかり忘れ去られ、帝の僥倖《ぎょうこう》からは遠ざかっていた。

寵愛《ちょうあい》を競う者にはきびしく、そうでないものには寛容な梅婕妤と親しくなり、頻繁にたがいの殿舎を行き来する仲となっていたのだが、それが崩れたのが、昨年の晩夏。

李美人が梅婕妤を出しぬくようにして多額の金子《きんす》を動かし、帝のお渡りを得たことで一気に不仲になった、とある。

——ここでも、金が動いているのか……。

妃嬪《ひひん》が帝をなんとか振り向かせるため、帝の動向をにぎっている宦官に賄賂《わいろ》をにぎらせるのは、そう珍しいことではない。

だが妙に気になった。

――たしか李美人の父君は堅物で、娘の入宮も望んでしたものではなかったと聞いたことがあったが。

容姿のよさから、親族が勝手に強く推したのではなかったか。そのため、入宮した娘を飾るための贈り物も、ほとんどしていなかったはずだ。

李美人もそれを恨まない娘で、みずからを飾ることばかりに囚《とら》われず、侍女や仕える女官たちを大切にしていた。その証左が厨《くりや》の生薬であり、碧林や高莉莉の部屋にあった品々だ。

それが、とつぜん賄賂をつかってまで帝の渡りを得ようとした……。

――なぜだ……？

寵愛に興味がないというのは表向きの顔で、じつはやはり固執していたのか？

延明には理解できない。

「疑問はまだあるぞ延明。碧林の死についてだ。高莉莉が口封じに殺されたのはわかるとして、碧林のほうはどうだ？　たまたま破傷風で死んだのか？　こっちも老猫に再検屍してもらったほうがいいんじゃないのか？」

点青が問うと、甘甘が「老猫？」と奇妙な顔をする。視線で点青を咎《とが》めながら、延明は軽く首を振った。

「今日の昼前に文を送ったのですが、まだ連絡がとれません」

桃花がいるのは皇后と最も敵対している梅婕妤の殿舎だ。その内部に文を送るためには、懐柔した呂美人の女官を何人か経なければならない。

それだけでも手間であるのに、返信を受けとるのはさらに難しい。文には院子《にわ》のとある木の下に埋めるよう指示を書いたが、桃花が文に気がつき返事をしたためて埋め、それを秘密裏に呂美人の女官が掘りだすのに、いったいどれほど時間がかかるかわからない。

こんなまどろっこしいことなどせず呼びだすのが一番効率的なのだが、李美人の再々検屍《けんし》が決まったときに彼女を連れ出さなくてはならないことを考えると、ここは慎重にしておきたいという思惑もあった。そう何度も妃嬪の侍女を殿舎から連れ出すことなどできないからだ。

「とにかく、いまはできることをわれわれで調べて行きましょう」

＊＊＊

「あんたたち、婕妤さまは蜜餞藕《ミーチエンオウ》のお味にご満足のようだよ」

主人への甘味を運び終えた良使がそう告げると、厨一同はほっとしたように胸をなでおろした。

「よかったわ、あれから丸二日。ようやくご機嫌が直ってきたのね……」

「呂美人の手土産をこっちの宮女が盗んだんだもの。面子《メンツ》に泥をぬられたも同然だわ。お怒りになって当然でしょ」

「盗んだっていうか、落ちてたのを数粒くすねただけじゃない」

「おんなじさ。それでも懐に入れちまったら盗罪なんだ。いいかいあんたたち、もしおなじように妃嬪の乾果《カンクワ》のひと粒でも落ちてるのを見つけたら、変な気おこしたりなんてしないでとっとと捨てちまうんだよ。だれにも見つからないうちにね」

桃花は彼女たちの会話には交ざらず、黙々とかまどの灰をかいていた。

「才里さんもすぐおしゃべりに夢中になるたちだから、それで注意散漫になって落としちゃったのね」

「あんたと一緒だよ、気をつけるんだね。才里の場合はこれで三度目だから厳しく罰せられたってのもあるけどさ。本来なら笞《むち》五十のところ、才里たちは七十打たれたそうだ。刑吏が後宮一の寵妃のお怒りに忖度《そんたく》したみたいだよ」

笞打ち七十。

その言葉に桃花はきゅっとくちびるを噛《か》んだ。

才里はいま、どうしているだろうか。

笞で打たれた傷はどうなっているだろうか。裂けてはいないだろうか。傷がもとで熱を出してはいないだろうか。

収容される暴室は馬小屋のようなところだ。傷を清潔に保たないと、いつ風《ふう》に冒されるかわからない。手当てはされているのだろうか。

——……手当てなんて、されているはずがないわ……。

刑罰とはそういうものだ。そして暴室という場所もそういう場所なのだ。

差し入れを届けたり、獄吏に心づけを渡す者がいなければ、多くの囚徒は長く生きることはできない。

そしていま、才里にそれをする人物はいないのだ。

「才里……ごめんなさい、わたくしにはなにもできないのです……」

暴室は後宮十四区の外にある。様子を見に行くことすら、桃花ひとりでは叶《かな》えることができない。よしんば、なんとか門を抜けてたどり着くことができたとしても、獄吏ににぎらせる金銭がない。薬を用立てることも、差し入れひとつ用意することもできないのだ。

欲を持たず蓄財もせず、人間関係も希薄なまま、ずっと夢の世界に逃避して生きてきた桃花には、なにもない。それをいま、桃花ははじめて思い知った。

——でも、このままでは才里は死んでしまうかもしれないのだわ……。

ほんのすこしためらったあと、桃花は懐の中からひとつの文をとりだした。いつのまにか届けられていた、延明からの文だ。梅婕妤《しょうよ》が花園へと散歩に出ているあいだ、耳房《こべや》に忍びこんでこれを見つけてきた。わざわざ危険を冒したのは、文を才里ではないほかの女官に見つかることを恐れたためだ。

元気にしているか、程度の内容ならば問題ない。けれどもそうでなかったとき、桃花が皇后側の人間と連絡をとっていることが露見しかねない。

実際その心配どおり、今回の文は一変して重要な内容が記されていた。李美人の死に疑いがあり、再々検屍をしたいがそれを強行するほどの材料がないこと、それと碧林の死因には間違いないのか意見をききたいということ。そしていままでの文と決定的にちがうのは、返信を求められていることだった。

――返事は院子の古木の下に……ですか。

危なかった。もしこれを桃花より早く、ほかのだれかに発見されていたら……。

返信をとりにきた女官を含めて、一気に処分されてしまうところだった。

ほっとしたと同時に、これは使えないだろうかという思いも湧いた。

この返事のなかで、才里への援助を願うことはできないだろうか、と。

さすがに、暴室から出してやってくれなどという厚かましい願いはできない。けれども、せめて傷の手当てと栄養のある食事を頼むことはできないだろうか。今後いくらでも協力することを約束にして。

それでもこうしてためらっているのは、正直、検屍に対価を要求することには抵抗があるためだ。検屍術はそういった取引のために使うものではない。

けれどもやはり、なにをどう考えても、桃花にはこれしかなかった。

あたしとあんたの仲じゃない、という才里の言葉が耳によみがえる。

桃花が失敗をしたとき、才里は迷わず助けてくれたではないか。あのとき才里が機転を利かせて助けてくれなかったら、笞を打たれていたのは桃花のほうだった。

――わたくしと才里の仲なのだわ。

桃花は決意して、文の裏に炭で返信をしたためようとした。

そのとき。

「そういえば、処罰の場に呂美人はこなかったらしいよ。なんでも体調不良だって話で」

おしゃべり宮女たちの言葉が耳に飛びこんで、桃花の手が止まる。

呂美人が、体調不良。

それはつまり、回復まで梅婕妤を訪《おとな》うことはないということだ。

――そんな……！

延明の文を届けてくれているのは、おそらく呂美人がつれている女官のだれかだ。

呂美人がこないということは同時に、いくら返信を埋めても延明のもとへは届かないということになる。

　ではいったい何日待てば、文は届くのだろう？　体調不良というのはどのていどのものなのか。――じっとりと恐怖感にも似た焦りが湧いてくる。

あしたか、あさってか。風邪などであれば、梅婕妤にうつさないようにという配慮から、数日は先になるのだろう。その間に、笞で打たれてやぶれた皮膚から風《ふう》が入れば、才里は終わりだ。悠長に待ってはいられない。

桃花は煤《すす》ですっかり黒くなった顔をあげた。

　迷っている暇はない。やるしかないのだ。

「良使さん、すみません。かまどはだれかほかの者にお願いいたします」

「え、ちょっと、どうしたんだい？　桃花⁉」

良使の慌てふためく声を背中に聞きながら、桃花は駆けだした。

　梅婕妤の殿舎をはなれ、一区の門を無位の宮女のふりをして通り抜ける。衣を交換しておいて役立った。目指す先は皇后のくらす中宮だ。暴室までは行けなくとも、皇后が住まう中宮になら……その門の前までなら行くことができる。あとはだれかを捕まえて、延明へのつなぎをとってもらうしかない。

　これは危険な行為だとわかってはいた。皇后のもとへ向かったなどと梅婕妤に知られれば、金輪際許されることはないだろう。あらぬ罪を着せられて処分されてしまうかもしれない。桃花が目指してきた、隠されたままで宮城を出るという目標もここでおしまいだ。わかっている。

けれど、だからといって、じっとしていることなどできなかった。

夢うつつで現実逃避をし、ろくな人間関係も築いてこなかった桃花にとって、才里は唯一寄り添ってくれていた相手だった。才里はずっと、愛想もよくない桃花相手につねに話しかけ、世話を焼き、叱咤《しった》し、笑いかけてくれたのだ。

大事な友人だったのだと、失いかけてから、いまさら強く思い知った。

そびえ立つ壮麗なる中宮門が見えてくる。息が切れて、胸が差しこむように痛んだ。

桃花は肩を大きく上下させながら、門番の前に走り出て揖手《ゆうしゅ》する。

「失礼いたします。どうか、孫中宮尚書へのとり次ぎをお願いいたします。急ぎの要件で——」

「なんだおまえは。孫中宮尚書ならば、ここにはおらんぞ。掖廷《えきてい》へ出向中だ」

冷たく放たれた門番の言葉に、桃花は言葉を失った。

——延明さまは、中宮にはいない？

いるのは掖廷なのだという。才里が収容された暴室は、掖廷のなかにあるのだ。つまり、掖廷も後宮十四区の外である。

――そんな……。

大切な友人に、このままなにもしてあげることはできないのだろうか。

＊＊＊

「甘甘殿、李美人が昨年寵《ちょう》を得るために動かした金子《きんす》ですが、調べたところ妙なのです」

この件はどうも引っかかるところがあったので、ほうぼう手をつくして調査した。するとおかしなことに、帝《みかど》の閨房《けいぼう》にたずさわる宦官《かんがん》が受けとった金子の額が、当時李美人が動かせたはずの額を超えているようだとわかったのだ。もちろん父親からの援助もなかった。

「では、だれか李美人に金銭的支援をするものがあったということかね？」

「おそらく」

しかしだれが、なんのためにかは見当がつかない。支援をするほどに親しく、また金銭的に余裕がある人物となると、当時はまだ仲のよかった梅婕妤や呂美人ということになるのだが、それはそれでおかしい。

梅婕妤は他人が帝の寵愛を得ることなど許せない性質《たち》であるし、呂美人は梅婕妤派なのだから、他の妃嬪を帝の閨《ねや》にあげる手伝いをするはずがない。

「情報が出るほど謎が深まる気がする。熱が出そうだ」

甘甘は力なく笑い、白湯《さゆ》をあおる。延明もおなじように湯呑《ゆの》みへと手をのばしたところで、「失礼します」と掖廷官のひとりがやってきた。

「どうした」

「あの、掖廷令。すこし前に妃《ひ》嬪《ひん》の大事な器を割ったとして連れてこられた宮女なのですが、どうも見覚えのある顔の気がいたしまして……」

「宮女に見覚えがあってはならんのか？」

「いえ、ならぬわけではないのですが」

歯切れ悪く言って、ちらちらと延明の顔を見る。得意のやわらかな微笑みで先をうながしてやると、掖廷官はややためらったのち、とんでもないことを言いだした。

「じつは……ほんの気のせいかもとは思ったのですが、その宮女、どこか似ているのです。病児や高莉莉の検屍《けんし》にあたった、桃李《とうり》という名の官奴《かんど》の顔に」

「なんですって」

血相を変えて立ちあがった延明に驚いて、掖廷官がひいっと悲鳴を上げた。

案内された先で、延明はくらりとめまいがするのを感じた。

怒りなのか驚きなのか衝撃なのか、自分でもわからない。

掖廷管轄にある暴室の獄、その院子《にわ》で手足を拘束され、笞《むち》に打たれていたのはまぎれもなく姫《き》桃花だった。

「おやめなさい！」

何年ぶりに出したかと思うような激しい声で、刑吏を制止する。

はだけられた肌にきざまれた無残な傷を目にすると言葉も出ず、ただ自分の上着をかけてやることしかできなかった。

「こらおまえ、確認するが彼女はなんの罪で笞打たれているのだね」

「甘甘さま。この女は梅婕妤《しょうよ》の大切な器を割って失わせたとのことです」

「名は？」

甘甘のこの問いには、延明がかすれた声で答えた。

「桃花です。梅婕妤の侍女、姫桃花。……見ての通り、彼女が桃李です」

正直に言うしかない。なにがあったのか、すっかり汚れのついた顔はどう見ても桃李のものであるし、笞打ちのためにはだけられた肌は、官奴だと言い張るには苦しいほどまろやかな曲線を描いていた。

「やはりそうなのか。事情があるとは知っていたが、まさか桃李くんが梅婕妤の侍女だったとは……。しかしまた、これはいったいなにがあったのかね。ずいぶんと汚れているうえ、着ているのは麻の衣ではないか」

「……もう、侍女ではないからですわ」

それはいまにも消えそうなか細い声だった。

「大丈夫ですか、桃花さん。いますぐ手当てを――」

「いいえ、延明さま。どうか、お待ちください。まだ……刑の途中ですもの」

「は……なにをばかな」

「わたくし、罪は償います。婕妤さまの器を割ったのです。犯した罪に、まちがいはありませんから」

そう言って苦しげに笑む桃花の額には、したたるほどの脂汗が浮かんでいた。

「それとついでに、文のお返事を、届けに参りましたわ」

「文の返事……まさか、そのために器を割ったのではないでしょうね？」

桃花はそれには答えず、ただ目を細めた。

刑吏は困惑したように笞を手にたたずんでいた。桃花が「早く」と執行をうながすので、首をふってこれを却下する。

「もうよい！　さがりなさい」

「いいえ、いけませんわ」

「桃花さん！」

悲鳴のような声を上げる自分に驚いた。しかしこれは、引くわけにはいかない。

「文の返事ならば受けとります。いますぐ。目的は果たしたでしょう、ですからもうよいのです！」

「いいえ、いけません」

桃花は頑迷にそれを否定した。

「文をだれかに届けるためなら、罪を犯しても許されるのですか？　目的のためならなにをしても許される、と？　そのようなことをおっしゃってはなりませんわ」

「しかし」

「わたくし、相応の罰をうけるつもりで罪を犯したのです。償わせていただけないのでしたら、文のお返事も差し上げることはできません」

姫桃花という女官は変わり者である。

それは知っていたはずなのだが、まさかこれほどまでとは思わなかった。

頭を抱えながら目をつむり、延明は処罰が済むのを待った。自分が笞打たれるわけではないというのに、地獄のような時間だった。

結局、延明が折れざるを得なかったのだ。

延明としては文の返信より桃花の体のほうが大事だと思ったのだが、それをしてしまうと、桃花がわざと器を割ってまでここにきた意味もなくなってしまう。

それに認めたくはないが、桃花の言い分が正しいのだとも理解していた。

「あなたがこれほど強情だとは、知りませんでした」

手当てを受けて暴室に収容されたあと、桃花は気絶するように眠っていた。正規の処罰、笞二十をすべて受けきったのだ。

ようやく目を覚ました彼女に、延明はため息まじりに告げる。

「まったく……冗談ではない。こちらがどんな思いをしたと……」

「延明さま、なにか怒っていらっしゃる……？」

桃花は臀部《でんぶ》や背なかに受けた傷をかばい、うつ伏せたまま、困惑したようにこちらを視線だけであおぐ。

「怒る？　ええ、そうですね。なぜだかとても苛々《いらいら》した気分になります。あなたのその痛々しい姿を見ると」

「あぁ、ではあちらを向いていてくださいませ」

「そういう問題ではありません！　あなたはいったい、ご自分がどれだけの犠牲をはらったと――」

「いいえ」

桃花は沈痛な面持ちでうつむいた。

「わたくしが受けた笞の数など、才里が受けた数にくらべたら大したことはありません。……お願いした通り、才里にも手当てと生薬を届けていただけたでしょうか」

「ええ。それと、傷が癒《い》えしだい暴室を出し、織室で機織りの仕事についてもらうことになりました」

桃花は眠りにつく前、意識もうろうとしながら延明に「対価が欲しい」と告げた。李美人の再々検屍ができるよう協力するから、代わりにどうか友人を手当てしてほしいのだと。それを願うためにきたのだと。

桃花は安堵《あんど》したように額を敷布にうずめた。

「ありがとうございます、延明さま。では、わたくしがいまわかるかぎりのことをお伝えさせていただきますわ」

「そんなもの。傷が痛むのならあとでかまいません」

「いいえ、とても眠いのです。ですからまた眠ってしまう前に、どうかきいてください。――まず碧林さんの件ですが、こちらは再検屍の必要はないと存じます」

「では彼女は犯人によって殺されたわけではない、と」

「はい。碧林さんの死因は破傷風で間違いないでしょう。おそらく碧林さんは李美人さまの死とは無関係なのです」

「たまたま亡くなったのですね？」

たまたまというか、と桃花はわずかに顔をあげた。

「李美人さまが亡くなったあの日、高莉莉さんは邪魔な碧林さんを遠ざけるため、小少さんとの逢《あ》い引きに出かける協力をしたのだと思います。これにはわたくしも微妙に覚えがあるのですが、逢い引きに出かけるのには口裏を合わせてもらうなど、だれかしらの協力が必要なのです」

桃花は以前、延明の呼び出しに応《こた》えて花園に出かけた際に、やはり友人の協力を得たのだと話した。

しかし、この話は李美人が殺されたことを大前提としている。

「桃花さんは、李美人の死を殺人であったと考えているのですね？　あなたのことだ、私の文にそう書いてあったから、などと言う理由ではないのでしょう？」

問うと、桃花は痛みをこらえるように目もとをしかめながらも、肯定した。

「文をいただいてから気がついたのですが、たしかに李美人さまの死には大きな疑問があります。その疑問を後押ししているのは、死王のうわさそのものなのです」

「死王の？」

「はい。李美人さまの父親は娘の死に疑問を抱き、墓を暴いての再検屍《けんし》を行いました。娘のために行ったものですから、かなり念入りな検屍が行われたことと思います」

「ええ、名高い検屍官を伴っていったそうです」

「ですが、李美人さまが他殺であるという証拠は見つからなかった。わかったのは妊娠中毒による病死であるという事実だけ。つまり、愛する娘はだれかに殺されたのではなく、病死であったというゆるぎない事実を目の当たりにしたのです。延明さま、この時の父親の心境とはいかばかりでしょう」

「いかばかり、とは？」

延明は瞬《まばた》いた。父の心境など、いったいどんな意図で尋ねられているのかわからない。

「娘は病死だったのです。だれかに殺されたというのは思いこみであったということです。娘を失って、ただでさえ落胆している父親が、そこで生前娘をいじめていた相手に意趣返しで怪談をひろめてやろうなどと、ふつう思うでしょうか」

「いや、それはなんとも……」

「なにより、この怪談自体が考えてもみれば妙なのです。死王のうわさについて思い出してみてください」

「――いわく、謀殺された後宮の妃嬪《ひひん》が犯人を怨《うら》み、死後に赤子の幽鬼を産み落とした。幽鬼は母の怨みを晴らすため、謀殺の首謀者をさがして夜な夜な後宮を這《は》いずり回っている」

延明は以前さんざん聞かされた死王怪談を諳《そら》んじ、あっと声をあげた。

「わかりましたか、延明さま」

「たしかに妙です。これではそもそも、李美人をいじめていた妃嬪への意趣返しにはならない！」

　そうです、と桃花はうなずいた。

「李美人さまをいじめていた相手をおびえさせてやろうと企《たくら》むのなら、そのまま『いじめていた相手を怨んで後宮を這いずり回っている』でよいのです。だって謀殺の首謀者なんていないのだと、父親はご自分の目でたしかめたはずなのですから」

　そうだ、と延明はいまさらながらに怪談を不審に思った。

　李美人の父が多くの官奴《かんど》や下級宦官《かんがん》らに小金をにぎらせて、怪談やその目撃談をひろめたことは、すでにとり調べによって自白がとれている。

　しかし、そうまでして怪談をひろめて意趣返しをしたいのなら、確実にいじめの首謀者が怖がる内容にするのがふつうではないのか。

　梅婕妤《しょうよ》はたまたま怖がりだったから怯《おび》えていたが、これがもし図太い女だったなら、自分は殺していないのだから狙われていないなどと開き直ったかもしれない。

「しかし、李美人の父君はなぜ……」

　もしやあの再検屍によって、李美人が謀殺であったと、ほんとうは判明していたのだろうか？

　そうだとしたならなぜ、公表をしなかったのか？

「李美人さまの父親が、なぜ怪談を『謀殺の復讐《ふくしゅう》』という文言にしたのか――それこそがすべての謎を解く鍵《かぎ》であり、李美人さまが謀殺であったという証左に他ならないのです」

「その鍵が……あなたにはわかっているのですか？」

「再々検屍を行わせていただければ、断固たる証拠をお出しすることができるかと存じます。また、冶《や》葛《かっ》や欅柳《カワヤナギ》の入手経路にもすこし心あたりがありますわ」

＊＊＊

それからの動きは迅速だった。

桃花の話を折りこんでの再々検屍の要請は、まず太子に受け入れられ、すぐさま太子と皇后、ふたりの連名によって帝《みかど》への上奏が行われた。

その翌日、帝の側近くに仕える小黄門《しょうこうもん》、そして尚書令がそれに対する決裁をたずさえて中宮へとやってきた。

内容は可決。

すぐさま李美人陵へと渡り、後宮で行われたおぞましい事件についてをつまびらかにし平定せよ。そのために必要となるさまざまな権利を太子と皇后に一時的に委任する、とのことであった。

＊＊＊

その日の朝は、季節が逆戻りしたかと思うほどの冷えこみとなった。

しっとりと濡《ぬ》れた白い薄石舗装を進み、墓碑の前に立つ。すでにそこでは陵墓を管理する太常《たいじょう》の部下たちが、下僕を率いて棺《ひつぎ》の掘り出し作業にかかっていた。

「桃李、体調は大丈夫ですか」

桃花は官奴《かんど》・桃李として連れてきていた。陵墓は宮城の外にある。女官としてはどうやっても連れ出すことがかなわなかったからだ。

それに、と思う。

今回同行した太子には、女官桃花を見せたくないという思いも、ふしぎとどこかにあるようにも感じていた。

「大丈夫です。十分休ませていただきましたし」

「しかしまだ熱があります。どうか無理はしないように」

ありがとうございますと礼を言うと、桃花は疲れた顔ながら、すぐに検屍用に用意された物品の準備をはじめた。

それを興味深そうに眺めながら、延明のもとへと歩み寄ってきたのは太子だった。

「あれが病児の検屍をしたという者か。なりは汚れているが、よく見ればおまえのようにきれいな容貌《ようぼう》をしているようだ」

「殿下、ほんとうにご臨席なさるのですか？　李美人が亡くなってより一月半ほどがたっておりますので、正視に耐えうる状態ではないと思われますが」

揖礼《ゆうれい》をし、しれっと話題を変える。太子は「無論」と答えた。

「念のため、離れた風上に席をもうけさせた。あいだには逐一検屍の様子を報《しら》せるための連絡係りを置く。上奏までしたのだ、しかと見届けなければ気が済まぬだろう。なにより、強情な我が友が〝よみがえり〟と引き換えにまでこぎつけた検屍だ」

太子が笑むので、延明は揖礼で隠されたおのれの顔の筋肉を意識した。

大丈夫だ。問題ない。きちんと微笑んでいるはずだ。

「念のため確認するが、これで余のもとへと戻ってきてくれるのだな、利伯」

「是。我が君」

膝《ひざ》をつき、地に伏すようにして深々と拝礼する。

利伯。孫利伯。その名にひどい動悸《どうき》がした。

我が君と言いながら、太子を慕っているのか憎んでいるのかも、延明は未《いま》だにわからずにいる。

だが、これでいい。じつは、死王のうわさの矛盾を指摘しただけでは、太子と皇后を動かすことはできなかったのだ。

だから延明は、太子ととり引きをした。孫利伯として〝よみがえり〟、外廷に出て太子のために働く約束と引き換えに、協力を願った。

長い袖《そで》の中で、ぎゅっとこぶしをにぎる。

あの日、桃花がさすり、温めてくれた手だ。いつまでも情けなく震えているわけにはいかない。

「我が君も、もうひとつの約束をどうぞ忘れませぬよう」

延明が条件にしたのは、再々検屍の上奏だけではない。検屍制度の整備もまた、譲らなかった。

話をしている間に、棺が運び出された。

まだ蓋《ふた》に触れてもいないというのに、独特な異臭が鼻孔をつく。それは本能的な怖《おそ》気《け》を感じさせる匂いだった。

太子が顔をしかめ、袖で鼻を覆う。延明も呼吸を落ち着けてから、さまざまな覚悟を決めた。

「では殿下、よろしければごま油を鼻に。臭気をさけることができます。それとこの生姜《しょうが》片も口に含むと、なお楽になりますので」

持参したごま油と生姜片を太子に渡す。太子は戸惑うようにしつつもそれに従った。

「あれはなにをしているのだ？」

太子がしめしたのは、桃花たちが中型の火炉を用意する姿だ。

「左の火炉ではサイカチと蒼朮《オケラ》を燃やし、右の火炉では避穢丹《ひさいたん》という丸薬を焚《た》きます。どちらも臭気や悪気を除くためのもので、今回は殿下がご臨席ということで入念に行います。さあ、お席のほうへ」

太子をしつらえられた席へと促す。桃花は長几《ながつくえ》にさまざまな道具を、そしてその脇に大量の水桶《みずおけ》をならべ終え、延明を待っていた。

「桃李、はじめますか」

「延明さまがよろしければ」

生唾《なまつば》をのみこみつつも、延明はうなずいた。

「では、はじめます。遺体を筵《むしろ》の上に寝かせてください」

桃花の指示で棺の蓋があばかれた。むっとするほどの腥《なまぐさ》い臭気があふれだし、下僕たちが及び腰になる。だれかが嘔吐《えず》く声もきこえた。

鼻や口を塞《ふさ》いだ下僕たちが、ようやく遺体を筵へと横たえる。一瞬だけ、延明は安《あん》堵《ど》した。李美人の遺体は厳重に帛《きぬ》で包まれ、その上には緞子《どんす》で仕立てた上衣がかけられていたからだ。

桃花は深く拝礼をささげたのち、その帛を一枚一枚といていく。

やがて現われた妃嬪《ひひん》の亡きがらは、ある意味で延明をひどく驚かせた。太子にも言ったように、かなりの腐敗状況を予想していたのだが、あらわになったその姿は臭気こそひどいものがあるが、思いのほか正視に耐えうるものだった。死後数日であった病児の状態と、そう遜色《そんしょく》がないように見える。

――そういえば、土中では腐敗の速度がゆるやかになるのだったか。

碧林の事件の時にそう聞いたのだった。

桃花が最後の着衣を脱がせると、淡青藍《たんせいらん》色へと変色した肉体があらわになった。腐敗のせいか、顔面などはすでに赤褐色にまで変わっている。全体的にやや膨張し、動かすたびに鼻から腐汁のようなものが流出した。

延明があまりの痛ましさに瞑目《めいもく》したのは、下腹部に置かれた子の姿だ。紫黒色に変色していたが、それはまぎれもなく、臍《へそ》の緒《お》でつながった稚《いとけな》い赤ん坊であった。

桃花はもう一度拝礼し、まず最初にその赤子を検屍した。

慈しみに満ちた手つきで抱き上げ、頭囲、腹囲、身長を測る。そのたびに読み上げられた値を、延明は木簡にあますところなく記録した。

赤子を終えると、次が母親である李美人だ。

高く結われた髻《もとどり》へと手をかけ、丁寧な手つきで髪をほどき、頭髪の中を調べる。今度は無言だった。かわりに桃花は過去二度にわたる李美人の死体検案書と実態とを、よくよく照らし合わせて見ているようだった。

それからも手順はこれまでの検屍とほぼおなじだ。眼、歯、舌、鼻と調べて行き、だんだん下へとさがる。手の指や爪の先に至るまで、なにひとつ見逃すまいという真剣なまなざしで検屍をする。膨張した腹部は押したりなどもしていた。

問題はやはり、陰部に差しかかったときだった。

桃花が脚を開かせ産門を調べようとすると、これまで見守っていた太常《たいじょう》の部下たちや太子の連絡係りから、苛烈《かれつ》な非難の声が飛んだ。

「利伯、それはなにをしている！」

離れた席にいる太子みずからも詰問する。

官奴としてこの場に居る桃花には、太子の言葉に返答する権利はない。

代わりに延明が答えた。

「我が君、これは検屍に必要な工程なのです。羞恥《しゅうち》のあまり回避すれば、重大な真実を見落とすことになりかねません。局部や肛門《こうもん》から刃物を差し入れ、外傷のない死体をつくりあげる犯罪者もいるのです」

「ばかな！　これは皇上の側室、李美人なのだぞ！　いかなる理由があれども尊厳を踏みにじり、辱めることは許されぬ！」

太子が立ちあがる。

それに便乗するように周囲からどっとあがった「穢《けが》れた行いだ」との言葉に、延明のなかでなにかがカッと瞬間的に熱を帯びた。

「穢れてなどいない！」

あの『妖狐《ようこ》の微笑み』で知られる延明が見せた怒気あふれる一喝に、あたりはしんと静まり返る。

「辱める？　尊厳を踏みにじる？　いいや、違う。死者の無念の叫びに耳をふさぐことのほうが、よほど尊厳を踏みにじっているとなぜわからないのか！」

延明の声が陵墓にひびきわたる。だれもが呑《の》まれたように延明を凝視していた。にじるように身じろぎをしたのは太子だ。延明の不敬な物言いに怒っただろうか。しかしそれでもかまわないと延明は思った。たとえ獄につながれようと、いまこれだけは譲れない。

太子がなにか言葉を絞りだそうとするように、くちびるが戦慄《わなな》く。

それより早く声を発したのは桃花だった。

「延明さま、李美人さまはやはり他殺です」

静まり返っていた周囲が、とたんにざわめく。

「ご覧ください、頭髪のなかを」

うながされ、桃花が髪をかきわけた頭部をのぞきこむ。目を凝らしてみると、なにか小さな異物のようなものが頭皮にこびりついているのが見えた。

「これは？」

「頭蓋《ずがい》にめりこんだ釘《くぎ》の頭です。焼いて熱した釘を打ちこむと血は流れ出ず、しかも頭部ですから、こうして豊かな髪によって容易に隠すことができるのです」

桃花のよく通る声が朗々と響く。

延明は恐る恐る手をのばし、ほんのわずかにのぞいているそれに触れてみた。たしかに釘だ。

ざわめきはすでにどよめきに変わっていた。

「延明さま。服毒の有無、それと見えにくい傷痕《きずあと》の検出を行いたいのですが、許可をいただけるでしょうか」

延明は桃花のまっすぐな瞳《ひとみ》を見つめた。

――桃花さん……あなたは……。

頭部を調べたのは最初だった。その時点で、すでに桃花は李美人が他殺であることをつきとめていたのだ。

すぐに言わなかったのは、全体的に調べあげ、これまでの死体検案書との相違点をたしかめてからにするつもりだったのだろう。

しかしそれをいま、だれもがきこえるようにして告げた。場の空気を変え、注意を引くことで延明を助けたのだ。

延明は視線だけで礼を告げ、太子席のほうへ向きなおる。

桃花の声がきこえていたのか、すぐに連絡係りが「可」を伝えにきた。

「よいそうです。それよりも桃李、産門と肛門がまだですが、調べずともよいのですか？」

「もうよいのです。だいたいの真実はすでにわかっていますし、ここは延明さまの首をかけるほどのことではありません。検屍《けんし》をして無辜《むこ》の死者を増やすのは本望ではありませんから。――それでは、つぎの処置にうつります」

桃花は次に、蒸し米の団子を作る作業に入った。

手早くそれをすませ、のどの奥に設置すると、毒気を口腔《こうこう》から出させるため、熱した酒粕《さけかす》と酢で腹部からのどもとまでを覆い温める。銀の簪《かんざし》を使わないのは、やはり砒《ひ》霜《そ》ではなく冶葛《やかつ》による失神を疑っているからなのだろう。

「毒はわかるのですが、見えにくい傷痕の検出というのは？」

「皮膚がやぶれたりあきらかな出血や痣《あざ》にならず、一見してわからないような損傷をあぶり出す方法です」

桃花は薬研《やげん》をとりだし、漢方の一種である白梅を細かく砕いた。そこへ葱《ねぎ》、山椒《さんしょう》、塩、酒粕をいれてさらに砕き、餅《もち》状に丸めて火鉢で蒸し焼きにすると、熱くなったそれを布で包み、遺体の両腕にまんべんなくあてていく。

固唾《かたず》をのんで見守っていた延明は、それが手首におよんだとき、思わず声をあげた。

「――これは！」

淡青藍色に変色していた李美人の手首に、ぐるりと帯を巻いたような痣が浮かび上がったのだ。

いやちがう、と息をのむ。

帯ではない。手だ。

李美人の手首を拘束する、何者かの手のあとが浮かび上がったのだ。

連絡係りの報告をうけた太子が駆けてくる。太子と延明の目の前で、今度は両の足首にも同様の痣が浮かび上がった。

「延明さま、どうやら李美人さまは何者かに手足を拘束され、そこへ頭部に熱した釘を打ちこまれて殺害されたようです」

蒸し米団子の方は、今回はなんの異常も見られなかった。桃花は、犯人が毒物の検出を警戒したのではないかと語った。

「さすがに妃嬪《ひひん》で、しかも外傷のない死ともなれば、まっ先に調べられるのが毒の有無ですから」

「たしかにそうですね。では李美人殺害の犯人は、足をおさえた者、手をおさえた者、釘を打ちこんだ者の三人。そしておそらくそのうちの二人が、病児と高莉莉ということなのでしょう。あとは最後のひとりさえ判明すれば……」

「最後のひとりも宦官《かんがん》であろう」

臭気にあたったのか、顔色を白くしながら太子が言う。

「高莉莉の香炉が倒され、不自然に灰が直されてあったそうではないか。女官ならやらない均《なら》し方であったと。このときすでに病児はこの世にいないのだから、最後のひとりはべつの宦官ということになろう」

それから桃花のほうを見すえた。延明は一瞬身がまえたが、太子の口からは桃花の検屍を侮辱する言葉は出てこず、むしろそこには戸惑いを含みつつも信用の色が宿っているように思えた。

「どう思う、検屍官」

「畏《おそ》れながら、『思う』ではなく『事実』がすでにここにございます」

驚く延明たちの前で、桃花は深く揖礼《ゆうれい》した。

「すべての答えが、この赤子なのです」

＊＊＊

「まあ、ご覧くださいまし、父君から夏用の紗《うすもの》などがこんなにとどきましたよ」

侍女たちの声に、ぼんやりと脇息にもたれかかっていた呂美人は顔をあげた。その顔に病のつらさはない。体調不良というのは、外出したくないがための偽りだった。ここ最近は心がすっかり疲弊してしまっていて、梅婕妤《しょうよ》の前で笑顔をつくるのもおっくうになってしまったのだ。

「呂美人さま、父君の文も一緒に入ってございました」

「捨ててちょうだい」

一瞥《いちべつ》もせず、払うように手をふる。ここ最近、父から頻繁に届けられる文は疲弊の原因のひとつだった。

「どうせ書いてあることなどいつもおなじなのだわ。帝《みかど》とはどうなのか、お会いできているのか、僥倖《ぎょうこう》は得られそうか、心づけは必要か。読まなくてもわかるわ」

侍女がそばへと運びこんだ反物も不要だ。

「それもみんなで分けてしまってちょうだい。夏物など、いくらでもあるわ。わたくしはもう成長もしないのだもの」

思えば、次々と新しい深衣や襦裙《じゅくん》をあつらえて舞いあがっていたころというのは、まだ幼くて、日々成長をつづけていたころでもあった。

あのころは、なにもかもが輝いていたように今は思う。

家とは塀に四角く囲まれた窮屈な世界だと思っていたけれど、それでもこの後宮ほどではなかった。乳母をつれてならば、敷地の外に出かけることもできたからだ。

敷地の外は広く、はるかかなたには青い山々が見えた。田畑が広がり、春、水の張られた水田が空を映す景色は呂美人——恵秋《けいしゅう》にとって大のお気に入りだった。なかでも特別だったのは、大好きなあの人と一緒に見る水田の夕陽だ。

空も地上も茜色《あかねいろ》に染まって、それを眺めながら肩を寄せあった。

あの人の茶色の瞳もまた、火が灯《とも》ったように輝いて、宝玉よりも美しかった。

恵秋が特別にしているその時間をあの人も大事にしてくれたし、あの人の母である乳母も、壊さないよう見守ってくれていた。

それがすべて壊れたのは、恵秋の成長が止まったからだった。

恵秋は大人になり、高官となった父のために後宮に入れられることとなったのだ。

これほどおぞましい地獄があるだろうか。

着飾られ、輿《こし》にのせられ、形式的な華燭《かしょく》の典《てん》のあと裸に剝《む》かれ、待ち受けていたのは父親以上に歳の離れたけだものだった。

恵秋はあのとき、死以上の恐怖をあじわったのだ。

それでも命を絶たずに生きてこられたのは、あのけだものを遠ざけてくれる梅婕妤の存在があったからだ。

そしてなにより、入宮の際に多額の金子《きんす》を使うことで、父に知られることなく大好きなあの人を侍女としてつれてくることができた。あの人の存在だけが、恵秋の生きがいだった。

──それなのに……。

あの人は病んでしまった。

体ではなく、心の病だ。

いまでは自室にこもり、ほとんど姿を見せてくれない。実家から、香りのよい茶葉や竜眼などをあの人のためにとりよせたけれど、だめだった。

あの人にも会えず、父からはけだものに組み敷かれよと催促され、恵秋の心は限界に達していた。

「……わたくしの、なにがいけなかったというの……」

恵秋は悲嘆に暮れた。

あの人がいない生活なんて、想像すらできなかった。離れがたかった。相手もおなじ想いだと言ってくれたから、罪を犯してまで後宮に入れたのだ。それがいけなかったのだろうか？　それとも、あの人が美しすぎるからいけないのだろうか？　愛する人を信じて、後宮で自由にさせていたから？　ねだるだけ金子を与えていたから？

──あるいは、愛は永遠だと信じていたのが、わたくしだけだったから……？

いけない。涙があふれてしまう。

こんな姿を女官たちにさらすわけにはいかない。せめて臥室《しんしつ》へ行って閉じこもろう。

そう思って立ちあがったとき、外でなにか騒ぎのような声がきこえた。

不審に思って目をやれば、開け放たれた堂からは、垂花門を抜けて侵入してくる宦官たちの姿が見えた。率いているのはなんと、官服に身を包んだ太子だ。帯刀こそしていないが、いずれも手に杖《じょう》を持っている。

露払いもなく現われた彼らに女官たちが困惑するなか、「捕らえよ」という号令が響いて、恵秋は恐怖に飛びあがった。

堂からほとんど転げ落ちるように駆けだし、彼らとは逆方向に走る。追いかけてくる足音が聞こえた。

「どうか、どうかお慈悲を！　お助け下さい！」

走りながら叫ぶ。けれど長い裳《も》の裾《すそ》がからまって、思うように先へ進めない。まもなく腕をつかまれ、引き倒された。

地に伏す恵秋の脇を抜け、宦官たちが裏手の離れを壊す勢いで開け放つ。

「やめて！」

「呂美人、あなたを捕縛する」

太子はそう告げ、それから、離れから引きずり出された恵秋の最愛の人へ、冷たい視線を向けた。

「そしてあなたの侍女、司馬氏も同様です。——愚かなことをした。あなたは司馬氏《おとこ》を後宮に入れ、司馬氏は妃嬪に手を出しただけでなく、三件の殺人まで犯した。極刑は免れない」

さきほどまであふれそうだった涙が、なぜかいまは出ない。

恵秋の前へと引きたてられてきた最愛の人、司馬雨春《うしゅん》は、すっかりやつれて無精ひげが生えていた。竹のように涼やかな麗人といわれた姿はもはや跡形もない。

「あぁ……雨春……」

「お嬢さま、どうか、どうかお助け下さい……赤子が、李美人の赤子が泣いているのです……いつも……いつもいつもいつもいつもいつもいつもいつもいつもいつもいつもいつもいつもいつもいつもいつも、いつも、いまも！」

血走った虚《うつ》ろな目が、怯《おび》えたように周囲を見まわす。

恵秋は頽《くずお》れた。

最愛の雨春は壊れてしまっていた。

＊＊＊

李美人の再々検屍《けんし》を行った日とは対照的にこの日は暖かく、すこし動けば汗ばむほどの陽気となった。

延明はひと足早く夏用の袍《ほう》を重ね、宦官《かんがん》帽をかぶる。自室から静かに外へ出たところで、青い目の宦官につかまってしまった。

「ん、おまえ今日は洗沐《やすみ》だろ。なんで仕事着なんて着てるんだ?」

「……あなたのような人に捕まらないようにするためですよ」

多くの宦官は洗沐になると、内衣《ないい》だけをまとって外に出ずにくつろぐ。あるいは仲間と目立たぬところに集まって賭博《とばく》に明け暮れる。それは休日といっても帰る家を持たないからであるし、日々の生活に手いっぱいで、宦官服以外の私服を持っていないためでもある。

だが延明はおなじ宦官ではあるが、身分のある宦官である。冤罪《えんざい》が晴れたときに爵位は復活し、没収されていた田宅も返してもらった。とうぜん私服もある。

それでもわざわざ官服に袖《そで》を通したのは、目立ちたくないからだった。延明は宮城の外に出たいのではなく、内廷のなかを移動したいのだ。

「そんな冷たいこと言うな。せっかくいいもん持ってきてやったのに」

そう言って点青が差しだしたのは、小さな葛籠《つづら》だった。

「なんですこれは」

「なかは竜眼の乾果《カンクワ》だよ。前に呂美人が娘娘《ニャンニャン》に献上したもんなんだが、梅婕妤《しょうよ》に持っていった量より少なかったとかで頭にきて倉庫行きになってたやつ。今回、呂美人が捕縛されたこともあって、縁起が悪いから始末しろって」

「ほう、縁起が悪い物の始末先が私なのですか」

「やめろってそのにっこり笑顔。おまえどうせこれから老猫女官に会いに行くんだろ？ ならこれを手土産にしといたらいい」

「なるほど、私に縁起が悪いものを手土産にしろと」

だーかーらー、と点青が軽く額を押さえる。

「たしかに罪を犯した妃《ひ》嬪《ひん》の献上品だが、高級品だ。これをおまえが老猫女官に渡す、老猫女官は食べきれずに織室の女官たちに配る、先輩女官たちは老猫女官には高級品を下げ渡してもらえるだけの伝手《つて》があると察してやさしくする。平たく言えば、いじめられないように、これでけん制しておくんだよ」

「…………なるほど」

延明がずっしりと重い葛籠を受けとると、点青は皇后のもとへと帰って行った。

点青を疑うわけではないが、念のため、葛籠のふたを開けて中身を確認しておく。

たしかに竜眼の乾果にまちがいない。

延明はひと粒とって、口に含んでみた。

――竜眼、か。


「竜眼、ですか」

あらたに織室へと配属された桃花のもとを訪《おとな》うと、桃花もやはり延明と似たような反応をしめした。

価値や味で喜べないほど、この果物には複雑な思いがある。

桃花にとっては友人が七十も笞《むち》を打たれる原因となった果物であるし、そして同時に呂美人とその侍女――いや愛人である司馬雨春を疑う材料のひとつになった物でもあるという。

竜眼は南方の果物なのだ。

また、去年の夏にあふれるほど献上されたという茘枝《ライチ》も、帝が気に入っていた檳榔《ビンロウ》も、南方を産地とする。

延明はすっかり忘れていたのだが、打撲傷を偽装するための櫸柳《カワヤナギ》を産出し、よく強《ゆ》請《す》りに使うと説明されていたのも、おなじく南方の民だった。

また、劇毒である冶《や》葛《かつ》も南方が主な産地なのだという。

呂美人と司馬雨春は、そのどちらにも通ずる南方の出身者だったのだ。

「食べたくないなら、ほかの女官たちにおすそ分けをするとよいですよ。みな喜ぶことでしょう」

「そうですね、そういったことは才里にまかせようと思います。わたくしがやるとたいていうまくいきませんので」

延明は、桃花が妃嬪の器を割ってまで助けようとした女官の顔を思い浮かべた。桃花とは対照的な印象の女官で、いかにも社交が得意そうだ。たしかに、ものぐさな桃花よりは、ずっとうまく立ち回ることができるだろう。

「才里さんはお元気ですか？」

「傷はまだまだ治るのに時間がかかりそうですが、経過はよいですわ。延明さまの手配のおかげです。心からお礼を申し上げますわ」

「礼には及びません。こちらの仕事を大きく手伝っていただいた対価ですから。むしろ堂々と胸を張って受けとっていただきたいくらいです、この程度のこと」

「この程度ではありません。また才里といられるように配慮していただいて、感謝しているのです」

桃花はうれしそうに笑む。

延明としてはほんとうならば、梅婕妤《しょうよ》のもとから追い出された彼女をこれ幸いと中宮へ迎えるよう、娘娘に進言したいところだった。

おなじ宮にさえいれば、いつでも検屍を頼むことができる。

いつでも、顔を見ることができる。

けれどそれを彼女が望まないこともわかっていた。そんなことをすれば、梅婕妤の恨みを買うからだ。皇后の評価がわずかに変わってきたとはいえ、まだまだ梅婕妤は後宮の権力者だ。なにをされるやらわからない。彼女は静かに暮らしていたいのだ。

「……織室の仕事はどうですか？　あなたの傷のぐあいも」

「傷は大したことありませんわ。ただ、仕事は信じられないほどに大変です。居眠りもあまりできませんし、毎日顔を洗わないと怒られますし、髪もしっかり梳《と》かさないといけないですし。紅子《こうし》さんという女官がいるのですけれども、そのかたも才里とおなじくらい口うるさいんです」

桃花はげんなりといった様子で、老猫らしい愚痴をこぼした。

「でもきっと一年くらいがんばれば、寝ながら機が織れるようになっているような気がしていますわ」

「そうですか」

前向きなのか後ろ向きなのかわからない言葉に、延明は思わず笑う。

ひとしきりくすくすと笑いあうと、ふしぎと今日の陽気以上のあたたかいなにかが胸に灯《とも》るような、そんな心地がした。

桃花はいつも、形がなく得難いなにかを延明に与えてくれる気がする。

「桃花さん」

「延明さま」

　ふたりが同時に口を開き、たがいの名を呼んだ。

　なんだかくすぐったいような感じがして、延明は仮面ではない自然な笑顔で「どうぞお先に」と先をうながした。

　ところが、だ。

「ではその後、呂美人さまと司馬さんのとり調べのほうはどうなったのか、訊《き》いてもよろしいですか？」

「……この流れで殺伐としたその話題ですか」

　あ然とした。さっきまでのいい感じな雰囲気はいったいなんだったのか。頭を抱えたい。

「また怒ってらっしゃる？　でも竜眼を持ってきたのは延明さまのほうですわ。そのまんまの流れです」

　だったらもっと早くにきいてくれ、と思ったが、言うのはあきらめた。老猫女官にはどうせムダな話だ。

「まったく……。あのふたりならば素直にとり調べに応じていますよ。司馬雨春のほうはかなり心を病んでいるようですが、呂美人はすっかり観念しています。それに否定しようにも、動かぬ証拠がありますから」

呂美人、そして司馬雨春へのとり調べによると、すべては昨年の一月、呂美人の望まぬ入宮からはじまったのだという。

恋人同士だったふたりは離れ離れになることに耐えられず、最初の罪を犯した。賄《わい》賂《ろ》を渡して司馬雨春を侍女と偽り、後宮入りしたのだ。

「今回の一連の事件は、もともと験宝や身体検査があるわれら宦官《かんがん》とは違って、身元のはっきりとした入内《じゅだい》女性がつれてくる使用人への検査が緩かったことが災いしました」

「そうですわね。ここで止められていれば、あとの殺人も起きずに済んだでしょうに」

想い合う相手との離れがたさから罪を犯したふたりだが、残念ながら愛は永遠ではなかった。

後宮という女ばかりの園でくらし、その容貌《ようぼう》のよさから女官たちにちやほやとされるようになった司馬雨春は、若い青年らしく抑えきれない欲望を抱いてしまったのだ。

そうして、帝《みかど》が囲う百花のひとつ、当時梅婕妤のもとで親しくしていた李美人を手折ってしまった。

雨春によると、合意の上だったのだという。

しかし合意があろうとなかろうと、妃嬪《ひひん》を手折ったことは大罪である。なお悪いことに、李美人は妊娠してしまった。堕胎もうまくいかず、焦った李美人はここで呂美人に相談したのだという。すべてをごまかすためには、帝の枕席《ちんせき》に侍《はべ》らなくてはならない。そうなれば胎《はら》の子は帝の子ということになり、だれも処罰を受けずに済むと。

そこで呂美人は愛人の裏切りに衝撃を受けつつも、閨房《けいぼう》をつかさどる宦官に大金をにぎらせ、なんとか李美人を帝の閨《ねや》に送りこむことに成功したのだ。

――だがそのときすでに、三月《みつき》近くが経過していた……。

これではごまかせないと恐れた司馬雨春は、さらに罪をかさねた。

高莉莉や病児に報酬を渡し、李美人の殺害におよんだのだ。

李美人は妊娠七月《ななつき》で身罷《みまか》ったのではなく、すでに臨月を迎えていた。

これを裏付け、確たる証拠としたのが桃花による再々検屍《けんし》である。

李美人の頭部に打ちこまれた焼け釘《くぎ》もそうだが、なにより、棺内で分娩《ぶんべん》されていた赤子の頭囲、身長などが、臨月を迎えた胎児の大きさとほぼ等しかったのだ。

おそらく、李美人の父親も再検屍の際にこの事実に気がついたのだろう。娘はなぜか臨月を迎えていて、しかも殺害されていた。驚いたと同時に、怒りと悔しさが沸騰したことと想像する。

しかし、口をつぐむよりほかなかったのだ。李美人の不貞は大罪である。父親や一族もただでは済まされない。

悩んだあげく、父親はあの死王の怪談を吹聴《ふいちょう》することにした。

いわく、謀殺された後宮の妃嬪が犯人を怨《うら》み、死後に赤子の幽鬼を産み落とした。幽鬼は母の怨みを晴らすため、首謀者をさがして夜な夜な後宮を這《は》いずり回っている――。

あれは、娘をいじめた妃嬪を怖がらせようとしたものではなく、真実、李美人を殺した犯人へ向けた、父の心の底からの呪詛《じゅそ》だったのだ。

「しかし、司馬雨春もここまで罪をかさねずともよかったのではないかと、私は思うのですが」

「病児さんが強請《ゆす》ったのではありませんか？　李美人殺害を口外されたくなければもっと金をよこせ、というようなことを」

「ええ、その通りです。司馬雨春がいうには、なんどもなんども要求されて、これでは一生強請られると恐れたそうです」

だから殺したというのはあまりにも自己中心的で短絡的な犯行にすぎるのだが、いまさらそれを言っても遅い。死者はよみがえらない。

雨春は病児に欅柳《カワヤナギ》をあたえ、掖廷令《えきていれい》・甘甘を冤罪《えんざい》でおとしめるようそそのかしたということだった。

そうして甘甘がいなくなれば、つぎの掖廷令につけるよう動いてやるとだまし、ニセの打撲傷をつくって上機嫌な病児をたずね、酒杯をかわした。――持参した高級酒に冶葛《やかつ》をまぜて。

そうして病児が倒れたところで、部屋の中からいままで渡した金銭、ニセの打撲傷に使われた欅柳などを回収したのだという。

もちろん、一番の目的は病児殺害の罪を甘甘になすりつけることだ。

「高莉莉のほうは、心を病んだあげくにすべてをしゃべってしまうことを恐れたそうですよ。暴室に収容されることになっていたので、急がねばならなかったのだ、と」

見舞うふりをして房《へや》を訪《おとな》い、冶葛の根を一寸《いっすん》入れた茶で意識を失わせた。その際、香炉が小棚から落ちてしまったらしい。不審がられないように丁寧にこぼれた灰を戻し片づけてから、高莉莉を自害に見せかけて殺害した。

返り血を浴びた深衣は埋めたという。呂美人の愛人である彼には、たかだか数枚捨てようとも平気なほど衣服があった。

「高莉莉も、病児が死んだ時点で自分も口封じされるとは思わなかったのですかね。私ならそんな恐ろしい相手が入れた茶など、決して口にしないと思うのですが」

「そのときにはもう臥《ふ》せっていたようですから、病児さんが亡くなったことを知らなかったということも考えられますわ。三区女官の多くは異動になってずいぶん人がいなくなっていましたし、情報もなかったのかもしれません」

桃花はそう言ったが、延明はあるいは、と思う。

高莉莉のほうには、雨春に対する恋情のようなものがあったのではないか。盲目的に信用し、やさしい主人の殺害に加担してしまうほどの、強い恋情が。

「そういえば、焚《た》き木の件は調べていただけたでしょうか？」

「ええ。印のつけられた焚き木の束があったと証言する者が数人みつかりました。同時に司馬雨春自身が、城外の母親に頼んで冶葛の根や欅柳をまぎれさせた焚き木の束を用意させたと自白しています。母親が小金をにぎらせてそれを城内に運ぶ役夫に渡し、こちらも小金を受けとった城内の官奴《かんど》が呂美人の殿舎へと運んだということです」

「結果的に、ずいぶんたくさんの人を巻きこんだ事件になってしまいましたね……」

桃花の言うとおりだ。まだ十六歳の若い妃嬪の恋が、結果的に三人の命を奪うこととなった。生まれる前に亡くならざるを得なかった胎児を入れれば四人。そして死罪となる呂美人、司馬雨春自身を入れたなら六人だ。

事件に関係し、獄に入れられた人数をかぞえれば十ではとても利かない。

「そうですね、やりきれません」

でもこの一連の事件があったからこそ、延明は桃花と出会えたのだ。

「はじめはなんとぐうたらな女官かと驚いたものですが、あなたのおかげで内廷を出る決心もつきました。いろいろと整えてからになるので、まださきの話ではありますが。やっと凍っていた五年の月日が動き出したような気もしています」

「わたくし、なにもしていませんけれども」

「なにも行動をせずとも、人の心を動かすことはあるのですよ」

素直に告げると桃花はぼんやりと瞬《まばた》き、それから桃の花がほころぶように笑った。

「そうですわね。わたくしもすこし動いたような気がいたしますわ。とても素敵な言葉だったと思います。『死者の無念の叫びに耳をふさぐことのほうが、よほど尊厳を踏みにじっている』でしたか」

「それは……」

「わたくしも、はじめは笑顔が嘘くさくて腹黒そうな方だと思っておりましたけれども。また、機会がありましたらお会いしましょうと言えるくらいには、よい出会いであったと思っていますわ」

再見《ツァイツェン》、とたがいにあいさつし、どこかなごり惜しく思いつつも背を向けた。

自室への帰り道、延明は大きく寄り道をして花園をのぞいてきた。

ふたりで見た梅はいまやすっかり葉を茂らせ、紅白に染まっていた景色は、みずみずしい緑の景色へとうつり変わっていた。

【主な参考文献】

『中国人の死体観察学「洗冤集録」の世界』宋慈・西丸與一（監修）・徳田　隆（訳）／雄山閣出版
『毒殺』上野正彦／角川書店
『死体検死医』上野正彦／角川文庫
『法医学事件簿　死体はすべて知っている』上野正彦／中公新書ラクレ
『宦官　側近政治の構造』三田村泰助／中公新書
『宦官　中国四千年を操った異形の集団』顧蓉・葛金芳・尾鷲卓彦（訳）／徳間書店

本書は第6回角川文庫キャラクター小説大賞《大賞》《読者賞》を受賞したカクヨム作品を、改稿の上、改題し、文庫化したものです。

後《こう》宮《きゆう》の検《けん》屍《し》女《によ》官《かん》

小《お》野《の》はるか

令和3年 4月25日 初版発行
令和4年 10月30日 10版発行

発行者●青柳昌行

発行●株式会社KADOKAWA
〒102-8177 東京都千代田区富士見2-13-3
電話 0570-002-301（ナビダイヤル）

角川文庫 22641

印刷所●株式会社KADOKAWA
製本所●株式会社KADOKAWA

表紙画●和田三造

●お問い合わせ
https://www.kadokawa.co.jp/（「お問い合わせ」へお進みください）
※内容によっては、お答えできない場合があります。
※サポートは日本国内のみとさせていただきます。
※Japanese text only

ISBN 978-4-04-111240-3 C0193

◆◇◇

角川文庫発刊に際して

角川源義

第二次世界大戦の敗北は、軍事力の敗北であった以上に、私たちの若い文化力の敗退であった。私たちの文化が戦争に対して如何に無力であり、単なるあだ花に過ぎなかったかを、私たちは身を以て体験し痛感した。西洋近代文化の摂取にとって、明治以後八十年の歳月は決して短かすぎたとは言えない。にもかかわらず、近代文化の伝統を確立し、自由な批判と柔軟な良識に富む文化層として自らを形成することに私たちは失敗して来た。そしてこれは、各層への文化の普及滲透を任務とする出版人の責任でもあった。

一九四五年以来、私たちは再び振出しに戻り、第一歩から踏み出すことを余儀なくされた。これは大きな不幸ではあるが、反面、これまでの混沌・未熟・歪曲の中にあった我が国の文化に秩序と確たる基礎を齎らすためには絶好の機会でもある。角川書店は、このような祖国の文化的危機にあたり、微力をも顧みず再建の礎石たるべき抱負と決意とをもって出発したが、ここに創立以来の念願を果すべく角川文庫を発刊する。これまで刊行されたあらゆる全集叢書文庫類の長所と短所とを検討し、古今東西の不朽の典籍を、良心的編集のもとに、廉価に、そして書架にふさわしい美本として、多くのひとびとに提供しようとする。しかし私たちは徒らに百科全書的な知識のジレッタントを作ることを目的とせず、あくまで祖国の文化に秩序と再建への道を示し、この文庫を角川書店の栄ある事業として、今後永久に継続発展せしめ、学芸と教養との殿堂として大成せんことを期したい。多くの読書子の愛情ある忠言と支持とによって、この希望と抱負とを完遂せしめられんことを願う。

一九四九年五月三日